W0409056

AGIRO

Alle Rechte vorbehalten
© 2007 AGIRO Verlag, Neustadt / Weinstr.
Lektorat: Ines Boiselle-Svrcina
Druck und Verarbeitung: Westermann Druck Zwickau GmbH
Schutzumschlag: Dirk Schulz / Clemens Ellert
Printed in Germany
ISBN 978-3-934769-82-3

Weitere Informationen unter:
www.agiro.de

PETER BIRON

BELLA MARIE

Roman

AGIRO

Wenn bei Capri die rote Sonne im Meer versinkt,
und vom Himmel die bleiche Sichel des Mondes blinkt,
zieh'n die Fischer mit ihren Booten aufs Meer hinaus,
und sie werfen im weiten Bogen die Netze aus.
Nur die Sterne, sie zeigen ihnen am Firmament,
ihren Weg mit den Bildern, die jeder Fischer kennt,
und von Boot zu Boot das alte Lied erklingt,
hör von fern, wie es singt:

Bella, bella, bella, bella Marie, bleib mir treu,
ich komm zurück morgen früh.
Bella, bella, bella, bella Marie, vergiß mich nie.

Aus: *Die Capri-Fischer,* Ralph Maria Siegel, 1943

Wahrheit und Dichtung

In der Nacht zum 25. Oktober 1947 brachte der Viehkastrierer Edmund Balthasar seine junge Frau Johanna vom Leben zum Tod.

Die Umstände dieser Tat, die durch ihre Brutalität und die Umstände der frühen Nachkriegszeit wie ein Erdbeben bis heute nachwirkt, wurden meinem „Alter Ego", Peter Schmidt, durch ein besonderes Dokument bekannt. Justizrat Dr. Georg Tochtermann war als junger Referendar an der Verteidigung am „Prozess Balthasar" 1949 beteiligt. Seine lebendigen Erinnerungen, vor allem aber das komplette Verhörprotokoll, das er aufbewahrt, forderten eine Behandlung dieses Stoffes heraus.

Tat und Nachwirkung lassen nicht nur die Liebe dieses ungleichen Paares und das Gegenteil davon neu entstehen, sie werfen auch in vielen Details ein starkes Licht auf jene Jahre nach dem Zweiten Weltkrieg, auf das geistige Vakuum nach dem Morden in der Diktatur. Es geht um eine Zeit, wo es möglich ist, dass eine Frau nur ein Paar zerrissene Schuhe besitzt und sich für eine Hand voll Kartoffeln und vier Briketts verkauft.

Mir war klar, dass diesem Stoff nur in der Form der Romanhandlung und der Romansprache beizukommen ist. Die Tatsachen, wie sie bei Polizeiverhören und vor Gericht genannt wurden, sollten als Dokumente, Belege für diese Geschichte herangezogen werden. Aus Balthasar wurde, was liegt näher, Melchior; aus Johanna die Marie aus dem Schlager jener Jahre, die „Bella Marie"; aus Peter Schmidt schließlich wurde Peter Biron.

Allein gesehen, hätten die Aussagen aus den Verhören nicht

genügt, die ganze Dimension des Verbrechens in seiner Zeit zu erkennen. Es gibt das Wort von der „erfundenen Wahrheit". Diese innere Wahrheit sollte, mit allen dazu gedachten Personen und ihren Reflexionen, lebendig machen, was da geschehen war.

Nachdem die Nazi-Zeit seit 1945 in unterschiedlicher Intensität und Ehrlichkeit aufgearbeit scheint, ist es mir wichtig, am Beispiel des kleinen Lebens kleiner Leute zu zeigen, wie es danach weiterging.

Denn auch auf dieser Nachkriegszeit baut unsere Geschichte ihre Wirklichkeit.

Peter Biron

ERSTES BILD

Ich stand unter der Tür. Meine Frau kam auf mich zu und sagte, ich soll hinausgehen, sie wird mir schon folgen.

Ich erinnere mich noch daran, dass meine Frau den Tabak in der Hand hielt, den ich ihr vorher daheim gegeben hatte.

Ich sagte, sie solle ihre Kleider mitnehmen und mit in unsere Wohnung kommen. Das lehnte sie ab. Die Kleider bleiben da, sie wolle aber mitgehen.

So gegen 19.45 Uhr sind wir dann in meiner Wohnung eingetroffen. Ich habe die Wohnungstür und die Küchentür verschlossen. Das habe ich getan, damit uns niemand störte.

In der Küche ist es dann zwischen mir und meiner Frau zum Geschlechtsverkehr gekommen.

Sie war jederzeit bereit, wenn ich sie anfasste. Wir haben dann im Stehen den Beischlaf vollzogen.

Aus Erfahrung wusste ich, dass meine Frau danach oft umzustimmen war. Ich hoffte immer noch, sie würde bei mir bleiben.

Sie sagte, sie könne nicht dableiben, ich solle ihr 50 Mark geben. Ich sagte, sie werde 200 Mark bekommen, wenn sie dableibe. Sie lehnte mein Ansinnen wiederum ab. Sie bräuchte mein Geld nicht.

Nun ging sie zum Schrank und wollte sich mein Brot nehmen.

Da sagte ich, wenn sie nicht dableiben wolle, bekomme sie auch mein ganzes Brot nicht, bloß ein Stück. Ich sagte ihr noch, dass ich ihr nicht den ganzen Laib geben wolle, damit sie ihren Araber durchfüttere.

Sie blieb stur und wollte gehen.

Ich war aufgeregt und rief ihr zu: „Du bist ein blödes Stück Möbel!“

Meine Frau war nicht weniger erregt und schrie, ich sei ein blöder Hammel. Dem Sinn nach hat sie dann erklärt:

„Was willst du denn, du blöder Hammel, glaubst du, ich lasse mich von dir einschüchtern? Ich brauche nur zu schreien, dann bist du nicht mehr als ein Hampelmann. Dann machen wir dich auf der Stelle kalt."

Ich war vor Wut wie von Sinnen. Die wollte mich mit ihrem Liebhaber kaltmachen. Wörtlich sagte ich zu ihr:

„Ihr mich kaltmachen? Da stirbst du vor mir auf dem Platz!"

In diesem Augenblick stand ich vor dem Küchenschrank. Neben dem Brotkasten lag das Fleischerbeil. Als ich das gesagt hatte, griff ich nach dem Fleischerbeil.

Meine Frau fing an, fürchterlich zu schreien.

Ich bin mit erhobener Hand auf sie eingedrungen. Sie machte den Versuch, aus der Wohnung zu entkommen. Ich wollte ihr mit dem Beil auf den Hinterkopf schlagen, meine Frau hat sich in diesem Augenblick aber umgedreht. Deshalb habe ich sie mit der Schneide über die Stirn, die Nase und die linke Wange getroffen.

Der Schlag war von so großer Heftigkeit, dass meine Frau sofort zusammengebrochen ist.

Nachdem sie zu Boden gefallen war, habe ich sofort das Petroleumlicht ausgeblasen. Ich wollte verhindern, dass jemand von außen zusehen konnte, was in der Küche passiert war.

Meine Frau war mit dem Kopf gegen die Tür gefallen. Das hat einen dumpfen Schlag getan.

Weil ich nicht wusste, ob sie tot war, rief ich:

„Marie, hörst du mich noch?"

Sie röchelte nur noch. Aber sie war wohl schon hinüber. Um ihr aber mögliche Schmerzen zu ersparen, dachte ich bei mir, ich muss sie vollständig totschlagen. Ich habe ihr dann mit dem Fleischerbeil, und zwar mit der Schneide, auf den Hinterkopf geschlagen, mit Wucht. Ich wollte sicher sein, dass sie tot ist.

Dann schleifte ich meine Frau in das Schlafzimmer. Durch einen Lichtschein, der durch die Ladenritzen kam, sah ich, dass der zweite Schlag gesessen hatte. Vorsichtshalber gab ich ihr einen dritten, um den Schädel zu spalten, damit sie wirklich tot war.

Dann habe ich ihr den Puls gefühlt. Er stand still.

1. KAPITEL

Sie liegt mitten in der Stadt und doch wie an ihrem Rande, die Mühle. Sie hat im Rücken das flach abfallende Hochufer; vorne schaut sie zu einem alten, lange aufgelassenen Friedhof hin. Er ist heute Park.

Die Mühle wurde Militärbäckerei. Die alten Gebäude umsäumen einen stattlichen Hof.

Militärbrote wurden während des Krieges gebacken. Kommissbrote. Und heute auch wieder. Heute, in den ersten Jahren danach. Anstelle der Kommissbrote kamen französische Weißbrote.

Marie läuft über den Hof.

Voll von Angst und doch voll von Lust und Verlangen. Drüben bei den Mehlsäcken steht ein milchkaffeebrauner Junge. Er ist 18. Sie verstehen sich gut. Er will sie anreden. Heute aber winkt sie eilig ab. Sie heißen sie Bella Marie. Wie im Schlager. Nicht, weil sie so schön ist. Nein, weil's so schön klingt.

Jakob ist neun. Er wohnt in einem großen Jugendstilhaus. Es steht in einer Straße, die hart getrennt ist zwischen gutbürgerlichem Behagen und rußverschmierter Industrie.

Den Jugendstilhäusern gegenüber liegt breit die Fabrik. Vom Anfang der Straße bis zu ihrem Ende. Aber die Fabrik ist still. Sie stört nicht durch Lärm und nicht durch Rauch. Sie ist totenstill, seit die Besatzung alle brauchbaren Maschinen abmontiert und nach Frankreich gebracht hat.

Jakob kehrte sinnierend vor sich hin. Er tat dies nicht gerne. Aber, da er dies tun musste, als einzige Arbeit, die ihm in seiner großen Familie aufgetragen war, so tat er es. Mit einer sturen und peniblen Gründlichkeit. Die Borsten des alten Besens waren spärlich geworden und kurz. Die zu kehrende Trottoir-Strecke lang.

Es war kein Mensch außer ihm auf der Straße. Und es war an einem Samstagnachmittag im November.

Die Dämmerung wuchs schnell. Die nahe Dunkelheit deckte die parallelen Kehrstriche im feinen Staub zu. Der Junge ging durch den Vorgarten zum Haus. Er stellte den Besenstiel an die Hauswand, in die Ecke zum Nachbargrundstück.

Durch das Kellerfenster fiel eine breite, gelbe Lichtbahn auf das Pflaster. Jakob sah seinen Vater an der hölzernen Arbeitsplatte stehen. Die Fenster waren angelaufen. Er konnte nicht genau sehen, was der Vater tat. Da es aber auf Weihnachten zuging und er im dunklen Kellergrund die Stimmen seiner beiden großen Brüder dumpf heraufönen hörte, dachte er, dass der Papa und die Brüder bastelten.

„Ich glaub', der hat seine Frau umgebracht", hörte er seinen älteren Bruder Adam sagen.

Jakob trat schnell vom Fenster weg und ging die steinerne Treppe zur Haustür hinauf. Sein Vater und die beiden Brüder sollten nicht denken, dass er lauschte.

Wer hatte wen umgebracht?, überlegte er beim Hinaufgehen. Er wusste schon, dass es Morde gab. Totgeschlagene, erschossene und erhängte Menschen.

Seine ersten Lebenserinnerungen kamen zu ihm in Tag- und Nachtträumen. Das waren die „Christbäume" am Himmel über der Großstadt. Flakgebell. Das immer stärker anschwellende Brummen von unsichtbaren Flugzeugen in der Nacht. Die Bombenteppiche. Und am Morgen war er dann an der Hand des Mädchens in den Kindergarten geführt worden. Das erste zerbombte Haus, das sie sahen, war das Milchgeschäft. Hier hatte er jeden Morgen sein Kännchen gefüllt bekommen.

Und dann das Kriegsende im Wasgau. Das winzige Dorf lag am Rande der Roten Zone. Im Winter 1944 pfiff manches Mal eine Rakete über die Bergspitzen. Sie kam von den Amerikanern im Elsaß. Sie suchte den Bahnhof hinterm Berg.

Der letzte Kriegstag. März 1945. Eltern, Kinder und Katja aus der Ukraine traten aus dem Stollenversteck. Hier hatten sie die letzte Kriegsnacht durchgebangt und durchgebetet. Amerikanische Soldaten hatten sie aufgestöbert, aus dem Stollen gezwungen und nach dem Letzten den Stollen durchsiebt mit ihren Maschinengewehren.

Der Stollen lag am Waldrand. Nach unten senkte sich eine weite Wiese. Es war ein schöner, sonniger Frühlingsmorgen.

Die Wiese war voll von Menschen. Deutsche Soldaten. Lebende, Zerschossene, Tote.

Jakob sah, wie sie abtransportiert wurden. Stück für Stück.

Das alles war zwei Jahre her. Jakob hatte keine Angst vor den Toten. Es bestand zwischen ihm und ihnen das sachliche Verständnis des Kindes.

Also, wer war ermordet worden?

Droben, in der Wohnung, wagte er nicht, diese Frage zu stellen.

2. KAPITEL

Es ist der 18. November 1947.

Vor dem Kriminalbeamten sitzt eine junge Frau. Sie hat den zerschlissenen Mantel anbehalten. Im Verhörbüro ist es kalt.

Im Protokoll, das der Beamte aufnimmt, klingt nicht die Dialektsprache der Susanne M. auf. Auch fehlen die brutalen, naiven Bezeichnungen für das menschliche Zusammenleben, wie sie es kennt. Diese Worte sind durch die blutleeren der Amtssprache ersetzt.

In der Strafanzeige heißt es:

Die berufslose Susanne M., Stülergasse 1, zeigt an:

Marie Melchior, wohnhaft in der Erdebruststraße 7, hat in der Woche vom 19.10. bis 24.10.1947 bei mir gewohnt und auch geschlafen. Die Melchior ging ab und zu auch weg, um in ihrer früheren Wohnung nachzusehen. Sie kam dann immer wieder zu mir zurück. Ihre ganzen Kleider hatte sie in meiner Wohnung. Sie hatte außerdem bei mir zwei Paar zerrissene Schuhe stehen, die sie nicht mehr anziehen konnte. Aus diesem Grunde habe ich Frau Melchior von mir leihweise ein Paar Schuhe überlassen. Am Samstagabend, den 25.10.1947, kam Jasmine A. zu mir in die Wohnung. Sie und die Frau Melchior gingen zusammen in die Wohnung Melchior, Erdebruststraße 7. Der Ehemann, Edwin Melchior, gab seiner Ehefrau einige Kartoffeln, etwas Tabak und Süßstoff und schickte sie weg. Die A. forderte er auf dazubleiben und bot ihr dafür 200,- RM.

Kurze Zeit später kam Frau Melchior in meine Wohnung zurück, und kurz darauf, d.h., wenige Minuten danach, folgte die A.

Sie hat das Ansinnen des Melchior abgelehnt und ist gleich nach der Frau Melchior weggegangen.

Gleich darauf kam der Ehemann Melchior zu meiner Wohnung. Die A. entfernte sich, und der Ehemann Melchior rief seine Frau heraus.

Sie standen hierauf noch kurze Zeit in meinem Hof und unterhielten sich. Sie entfernten sich dann gemeinsam. Es mag vielleicht gegen 20 Uhr gewesen sein.

Zu diesem Zeitpunkt habe ich Frau Melchior zum letzten Mal gesehen.

Am Sonntagmorgen ging ich wiederholt an die Wohnung der Eheleute Melchior in der Erdebruststraße 7, um nach der Frau Melchior zu sehen. Die Wohnung war jedoch jeweils verschlossen, und ich erhielt auf Klopfen keine Antwort.

Zum zweiten Male war ich gegen 11 Uhr an der Wohnung Melchior. Nachdem ich mich ein Stück entfernt hatte, lief mir Edwin Melchior nach. Er sagte mir, dass er gestern Abend mit seiner Frau nach Hause gegangen sei. Nach`Umfluss von etwa einer Viertelstunde sei seine Frau wieder fortgegangen mit dem Bemerken, dass sie zu mir gehe.

Sie ist bei mir nicht eingetroffen.

Am gleichen Nachmittag, gegen 15 Uhr, kam Edwin Melchior in meine Wohnung. Er sagte, dass seine Frau mit französischen Soldaten mit dem Auto gekommen und kurz darauf wieder weggefahren sei.

Melchior brachte meine Schuhe zurück, die ich seiner Ehefrau leihweise überlassen hatte. Melchior gab an, dass seine Frau ihn beauftragt habe, die Schuhe an mich zurückzugeben.

Auf meinen Einwand, dass seine Frau nunmehr keine Schuhe mehr besitze, gab Melchior an, dass sich in Begleitung der französischen Soldaten ein Mädchen befunden habe, das seiner Frau ein Paar Schuhe und einen Mantel leihweise gegeben habe. Melchior übergab mir für seine Frau etwas Tabak und 50,- RM.

Am Sonntag, den 26.10.1947 abends gingen Jasmine A. und ein französischer Soldat in die Wohnung des Edwin Melchior, um sich nach der Ehefrau des Melchior zu erkundigen. Dieser gab an, er könne nicht aufmachen, es sei eine kranke schwächliche Person hier, die sich vor französischen Soldaten fürchte.

Mir kommt die ganze Angelegenheit verdächtig vor. Wenn die Ehefrau Melchior weggegangen wäre, so hätte sie doch bestimmt ihre bei mir befindlichen Kleider mitgenommen. Sie besaß keine Schuhe und ließ mir die meinigen zurückgeben.

Hier stimmt etwas nicht.

Ich vermute, dass Edwin Melchior seiner Ehefrau Marie ein Leid angetan hat.

3. KAPITEL

Die Irma war ein braves Mädchen. Die Irma hatte Temperament. Das ging nicht immer gut zusammen. Da sie aber ein fröhlicher und unkomplizierter Mensch war, verzieh ihr die Familie manche Ausrutscher.

Sie sang leidenschaftlich gern. Und gern leidenschaftlich. So an diesem Sonntagmorgen in der Küche.

Es war Anfang Dezember. Das Pontifikalamt im hohen Dom war vor wenigen Minuten zu Ende gegangen. Irma, das Dienstmädchen, wartete auf ihre Familie. Und vor allem auf die älteste Tochter: Mathilde, die Tilde. Sie hätte ihre jüngere Schwester sein können.

Fröhlich lachend polterte die Familie die hölzernen Treppenstufen herauf. Die Gesangbücher sammelten sich auf einem großen Stapel in der Garderobe.

Der lange, dürre Vater, die kleine, zierliche Mutter, die hoch aufgeschossenen Brüder Karl und Adam, jeweils um ein Jahr jünger, als die eben 19 Jahre alt gewordene Tilde, dann Katharina, genannt Katche, und, ebenso weizenblond wie sie, das Bärbelchen. Dazwischen stand der neunjährige Jakob. Vom Temperament waren sie sich alle sehr ähnlich: Laut, fröhlich, von hellen und dunklen Stimmungen gleichermaßen gepackt, die Kinder wie die Eltern. Es gab keine oder fast keine hierarchische Ordnung in dieser Großfamilie.

Während sich der Kirchgang an der Garderobe geräuschvoll auflöst, winkt Irma ihre Freundin Tilde mit den Augen in die Küche. Beim Salatputzen fragt Irma, wer gepredigt hat.

„Denk dir mal, die haben den Kaplan predigen lassen, im Pontifikalamt. Und der hat ..."

Irma unterbrach: „Ja, warum soll der Kaplan denn nicht predigen, das ist doch sein Geschäft ...?“

„Das verstehst du nicht, du bist protestantisch. Das Pontifikalamt ist eine feierliche Bischofsmesse - mit Prunk und Pracht und allen Domkapitularen. Da wird der Bischof mit einer langen, roten Schleppe hereingeführt, und der Domchor oben auf der Empore singt das ‚Ecce sacerdos ... - Sehet den hohen Priester ...‘ Weil aber die Gerüchte und die Vernehmungen um den Melchior und seine Marie in der Stadt nicht verstummen, und das zum Hauptthema geworden ist an allen Familien- und Stammtischen, da mussten sie etwas zu diesem Skandal sagen. Keiner der hohen Herren, auch der ‚hohe Priester‘ nicht, trauten sich. Der freche junge Kaplan aber, unser Günther, der traute sich. Ach du liebe Zeit, Irma, wie der loslegte! Ich glaub’, das gibt eine Revolution oder einen Kirchenaufstand ...“

„Warum, was hat der Günther denn Schlimmes gesagt?“

„Der ging auf die Geschichte direkt mit keinem Wort ein. Jeder aber wusste, dass er sie meinte. Seine erste Frage hieß, wie im Schlager: ‚Kann denn Liebe Sünde sein?‘. Und die zweite: ‚In der Nacht ist der Mensch nicht gern alleine ...‘ Glaub’ mir, es hätt’ die alten Mucker fast aus den Kirchenbänken gehauen. Aber den Günther, den lassen sie gewähren. Der ist nämlich Halbjude. Er war von den Nazis eingesperrt. Aber nicht lang.“

Sie verstrickten sich so eifrig in dieses Thema, das keines der Mädchen merkte, wie Jakob still hinter der angelehnten Esszimmertür saß und scheinbar las. Mit großer Spannung verfolgte er das heitere Gespräch, das Irma dann aber mit einer neuen Wendung versah.

„Du weißt doch, Tilde, dass ich früher dahinten in der Fabrik mit der Susi geschafft hab’. Die haben uns aber rausgeworfen, weil wir, als der Chef mal nicht da war, in der Unterwäsche auf dem Flachdach ein Sonnenbad genommen haben. Ich bin bei euch untergekommen, zum Glück, denn sonst, wer weiß ... Die Susi aber hat geheiratet; nicht zum Glück, er säuft, und sie schafft an. Bei den Franzosen.“

Tilde: „Dann ist sie also eine richtige Hu ...!"

„Still!", sagt Irma. „Wenn uns jemand zuhört ... Also, die Susi wurde von der Polizei verhört. Sie hat's mir gestern nach dem Tanzen im ‚Goldenen Lamm' erzählt. Ach Gott, ach Gott! Was da alles auf den Tisch kam. Du kannst es dir nicht vorstellen!"

Jakob sitzt bei seinem Buch hinter der Tür. Die munter im Haus tosende Familie ist ihm fern geworden. Er hört nur seine Schwester und die Irma. Und was er da hört, das packt ihn ganz und gar.

Irma hatte das erste Verhör Susis aus zweiter Hand weitererzählt. Nicht ohne Ausschmückungen. Nicht ohne Kommentare. Wobei nicht zu erfahren war, waren es Susis Kommentare oder ihre eigenen. Jedenfalls - die Geschichte war ganz schön gruselig. Noch dazu, da sie unweit von Jakobs Haus, bald hinter der hohen Stadtmauer, die ihr Anwesen begrenzte, stattfand. In der ältesten Altstadt. Im Sommergässel.

Der Junge war fasziniert, erschrocken, angeekelt und wieder fasziniert. Noch nie hatte er etwas so Spannendes gehört. Jakob hatte aber auch Fragen:

Wie war das mit Edwin Melchior und seiner Marie?
Liebte Edwin die Marie? Liebte sie ihn? - Wenn sie überhaupt noch lebte ...! Liebte oder liebt sie den braunen Soldaten, mit dem sie immer gesehen wurde? Liebte Edwin die andere Frau, der er 200 Mark schenken wollte? Wofür eigentlich?

Hätten die beiden Mädchen geahnt, was sie mit ihrem Geschwätz in dem Jungen an Fragen aufgeworfen hatten, sie hätten früher die Tür zugemacht.

Und dann dachte Jakob über das andere nach, von dem Irma gesprochen hatte. Es musste auch etwas Gefährliches sein, sonst wären die beiden nicht so schnell verstummt nach dem Aussprechen des Satzes: „Dann ist sie eine richtige Hu ...!" Was war das, eine „Hu"? Hatte dies, nachdem alle vorherigen Anspielungen mit Liebe zu tun hatten, auch etwas mit Liebe zu tun?

Jakob wusste es nicht. Und fragen wollte er nicht.

4. KAPITEL

Weitere Vernehmung in der Sache Melchior. Dasselbe karge Büro wie bei der ersten Vernehmung. Derselbe Beamte. Diesmal wird die Mutter des Beschuldigten befragt. Sie wohnt mit ihrem Mann im Sommergässchen 2 a.

Barbara Melchior sagt:

Die Gerüchte, dass mein Sohn Edwin seine Frau ermordet haben soll, sind unwahr und frei erfunden.

Mein Enkelchen Elvira, in unserem Haus wohnhaft, hat am Montag, den 27.10.1947, zwischen 17 und 18 Uhr, in der Nähe unserer Wohnung Mariechen Melchior gesehen und gehört. Das Kind stand am Fenster und sagte zu mir, es habe die Marie gesehen. Ich selbst hörte sie um diese Zeit den Vornamen ihres Mannes, Edi, rufen.

Kurz darauf, einen Tag vor den drei aufeinanderfolgenden Feiertagen, also am 30.10.1947, zwischen 19 und 20 Uhr, hörte ich meine Schwiegertochter Marie wieder ihren Ehemann beim Vornamen rufen.

Kurze Zeit später sah ich sie in der Gutenbergstraße auf dem Bürgersteig im Scheinwerferlicht eines Kraftwagens bei mehreren Mannspersonen vor der Wohnung C. stehen.

Ich habe sie aus unserem Haus verwiesen, weil sie einen liederlichen Lebenswandel führte. Sie kam deshalb zu uns nicht ins Haus, sondern rief immer nur in der Nähe unserer Wohnung ihren Ehemann beim Vornamen.

Am Dienstag, den 11.11.1947, gegen Abend, kam Rotraud F. in meine Wohnung; sie bat, ihr meinen Waschkessel noch einen Tag länger zu belassen. Bei dieser Gelegenheit erzählte sie mir, dass in der Stadt das Gerücht verbreitet wird, dass mein Sohn seine Frau umgebracht, d. h., ermordet haben soll.

Sie fügte ergänzend hinzu, dass dies auf keinen Fall stimmen könne, denn sie habe meine Schwiegertochter Marie Melchior in den letzten Tagen noch persönlich gesehen.

5. KAPITEL

All dies geschah gleichzeitig an einem frühen Abend Ende November:

Jakob sitzt in der Küche und liest.

Melchior bekommt Besuch von einer jungen Bekannten.

Ein einsamer Hund sucht eine verlorene Spur.

Jakob sitzt in der Küche und liest.

Es ist ein früher Novemberabend. Übermorgen ist Erster Advent. Ein früher Erster Advent. Jakob sitzt auf der Bank hinter dem Küchentisch. Das Buch liegt vor ihm. Er hat sich eine kleine Ecke reserviert, denn die Mutter backt Plätzchen. Da sein Platz neben der Speisekammertür liegt, geht die Mutter öfter an ihm vorbei, um Zutaten zu holen.

Jakob liest: *Die Pickwickier* von Charles Dickens. Und das beginnt so:

Den ersten Lichtstrahl, der die Nacht durchdringt und der jedes Dunkel, in das die Anfänge der öffentlichen Laufbahn des unsterblichen Pickwick etwa eingehüllt scheinen, in blendende Helle verwandelt ...

Jakob liest den Satz einmal und noch einmal und noch einmal; bis er ihn verstanden hat. Und kaum hat der „erste Lichtstrahl" des Buches sein Denken erhellt, da geht in der Küche das Licht aus. Stromausfall. Das ist in den ersten Nachkriegsjahren nicht selten. In der Küche ist es finster wie im Bauch einer Kuh. Kein Schein einer Straßenlampe dringt herein. Hinter der Küche liegt der schmale, tiefe Hühnerhof. Und hinter ihm steht haushoch die mittelalterliche Stadtmauer. Und dahinter liegt das enge Sommergässchen mit Melchiors Wohnung.

Die Mutter tastet sich zum Herd vor und öffnet vorsichtig das Feuerloch, um wenigstens einen Lichtstrahl in die Küche dringen zu lassen. Dann holt sie aus der Schublade des Küchenschrankes einige schlanke, weiße Kerzen und stellt sie verteilt in der Küche auf. Jakob bekommt einige Tropfen Kerzenwachs neben seine *Pickwickier*, und darauf wird die Kerze geklebt.

Behaglich liest er von der Gründung des merkwürdigen *Pickwick Clubs*. Der Duft des Weihnachtsgebäcks verstärkt das Gefühl der Geborgenheit, das aus der zeitlichen und geistigen Ferne einer englischen Herrengesellschaft am 12. Mai 1817 entsteht; und obgleich Jakob nur einen Teil des Inhaltes begreift, hüllt ihn doch die Behaglichkeit durch die Nähe der Mutter, des Advents, des Weihnachtsgebäcks und der Lichtglocke seiner Kerze völlig ein.

*

Derweil geschieht dies hinter Jakobs großer Mauer:

Vorne, an der Erdebruststraße, steht das stattliche Gasthaus „Zum Einhorn“. Es gibt nur einen Eingang zum Flur, der in die Gaststube führt, aber auch zum Hof und zum hinten, am Ende des Sommergässchens, liegenden Wohnschuppen. Der frühere Stall lehnt sich an die alte Stadtmauer an. Ein halbes Dach schleppt herunter auf eine niedere, schwarzfleckige Hauswand. In ihr steht eine geteilte Stalltür: Melchiors Hauseingang. Daneben ein Fenster, eine quadratische Luke, durch die der Bauer einmal das Heu und das Stroh gegabelt hat.

Es ist früher Abend im späten November. Durch das Sommergässchen war eilig eine Frau gegangen. Sie verbarg den harten Tritt ihrer Schuhe nicht. Sie war aufgeregt. Die Frau wollte Melchior herausklopfen, aber der hatte sie schon gehört und mit einem harten Griff ins Haus gezerrt.

Die robuste Frau will Melchior eine Aussage abringen, aber der zerrt sie in den Nebenraum, aufs Bett, schiebt ihr den Rock hoch.

In der Zeugenaussage vor der Polizei bestätigt diese junge Frau, eben Hedwig K., den geschilderten Vorgang. Sie geht aber auch auf ihre ganz persönliche Entwicklung ein:

Nachdem Melchior und seine junge Frau 1946 ausgezogen waren, ich hatte ein Mädchen bekommen und keinen Platz mehr, habe ich ihn öfter in seiner Wohnung besucht. Ich habe ihm Rauchwaren gebracht, die er mir gut bezahlt hat. Wenn ich nun gefragt werde, ob ich mit dem Ehemann Melchior den Geschlechtsverkehr ausgeübt habe, so muss ich diese Frage bejahen. Melchior hat mich dazu aufgefordert, und ich war damit einverstanden. Entkleidet habe ich mich dabei nicht, sondern ich habe mich mit den Kleidern in das Bett des Melchior gelegt. Melchior hat nichts Außergewöhnliches von mir verlangt. Wenn ich Melchior besucht habe, so sind immer meine Kinder dabei gewesen. Ich habe noch ein Mädchen von acht Jahren. Melchior hat diesem Mädchen Geld gegeben, damit es sich aus der Wohnung entferne, um Eis zu kaufen. Mein anderes Kind, das etwas über ein Jahr alt war, ist nebenan in der Wohnung geblieben. Für zwanzig Zigaretten und für den Geschlechtsverkehr übergab er mir 40,- RM. Es ist auch vorgekommen, dass er mir noch Brot und Kartoffeln und andere Lebensmittel mitgegeben hat. Schließlich muss ich für meinen Mann und die Kinder sorgen.

Nach der Einvernahme der Hedwig K. wird die geistig behinderte Elfriede S. nach ihrem Verhältnis zu dem verdächtigen Melchior befragt. Sie sagt, das heißt, das Protokoll des Kriminalbeamten übersetzt ihre Aussage so:

Ich war im Alter von zwei Jahren mit der Englischen Krankheit behaftet. Das hat sich auf meinen Geisteszustand nachteilig ausgewirkt. Ich bin geistig etwas zurückgeblieben. Die Volksschule habe ich wohl besucht, ich habe es aber nur bis zur 4. Klasse gebracht. Notdürftig kann ich Lesen und Schreiben. Aber Rechnen kann ich nicht.

Im Sommer 47 habe ich die Ehefrau Melchior zufällig kennengelernt. Sie hat mir erzählt, sie würde bei ihrem Mann nicht mehr bleiben, er hätte so viele Frauen in seiner Wohnung und würde mit diesen herummachen.

Ich bin einmal in die Wohnung Melchior gekommen, als die Frau nicht da war. Der Ehemann Melchior hat zu mir gesagt, ich solle etwas mit ihm machen, er gebe mir 20,- RM. Ich wusste nicht, was Melchior mit mir machen wollte. Er sagte zu mir, ich sollte mich auf das Bett legen, was ich auch getan habe. Er hat mir dann meine Unterhose gelöst und sich auf mich gelegt und steckte sein Ding in mein Ding hinein. Hierauf hat er hin und her gemacht. Er war nach kurzer Zeit fertig gewesen. Ich wollte mich dann vom Bett erheben, aber Melchior sagte zu mir, ich solle liegen bleiben, er würde es noch einmal machen. Ich habe ihn gebeten, er möge aufhören, ich würde müde werden, wenn ich es so oft mache. Melchior wollte mir 20,- RM geben, aber ich habe das Geld nicht genommen, weil es meine Mutter bei mir gefunden hätte. Er hat mir darauf zwei Stück Brikett gegeben.

Vor dem Weggang sagte Melchior zu mir, ich solle recht bald wieder zu ihm kommen, und zwar abends, wenn er zu Hause sei, seine Frau aber nicht.

Es war dies nicht der erste Geschlechtsverkehr, den ich mit Melchior hatte. Ich habe früher schon mit Franzosen verkehrt. Jedes Mal, wenn ich bei Melchior war, bekam ich auch etwas zu essen. Es dürfte fünf bis sechs Mal gewesen sein. Ich weiß, dass dauernd Weiber in die Wohnung von Melchior gekommen sind.

Melchior war beim Geschlechtsverkehr nicht stürmisch gewesen. Er hat mich auch nicht gewürgt oder gedrückt. Er hat mich auch nicht mit dem Messer bedroht, er war immer sehr liebevoll zu mir.

*

Der kleine braune Hund war Jakob zum ersten Mal aufgefallen, als er von der Roratemesse im Advent morgens aus dem Dom kam. Er ging durch die dunklen Straßen heim.

Rorate, das war das Engelamt. Rorate, das hieß in der Sprache der Kirche: „Tauet, ihr Himmel, von oben". Noch genauer erkannte es Jakob in dem Lied:

Tauet, Himmel, den Gerechten, Wolken, regnet ihn herab,
rief das Volk in bangen Nächten, dem Gott die Verheißung gab ...
Dein Gehorsam ist uns Leben, Jungfrau, demutsvoll und keusch ...
Erde, jauchze auf in Wonne, in dem Strahl der neuen Sonne ...
fern hin bis zum Niedergang, werde alles Lobgesang ...

Das hatte Jakob eben noch in der Roratemesse voll Inbrunst gesungen; aber ganz war es ihm nicht aufgegangen: „... werde alles Lobgesang ..."

Es fiel kein Regen, kein Tau. Es war nicht zu kalt, aber ein früher Nebel hatte die Luft klamm gemacht.

Jakob sah den Hund am Pallantsgässchen. Das Hündchen lief zielstrebig. Da es nicht der Nase nach ging, nicht an jedem Pfosten das Bein hob, musste es ein festes Ziel haben. Und das wollte es gleich erreichen.

Es ging die Straße Aller-Heiligen hoch. Jakob folgte dem rehbraunen Hund auch durchs Gelände des Städtischen Krankenhauses und Altersheims, er querte die handtuchschmale Spitalgasse und stand hinter dem Siebenweiberhof vor der Militärbäckerei. Das war also das Ziel des Hundes.

Aus der Ferne beobachtete Jakob, wie das Tier im Dämmerlicht in der Hofeinfahrt verschwand, dann aber im trüben Schein einer Gaslaterne auftauchte.

Zum ersten Mal hielt der Hund inne. Er schaute unverwandt zu der steilen Eisentreppe hin, die ins Mehllager führte.

Tatsächlich erschien wenige Minuten später der braune Kopf eines jungen algerischen Soldaten. Der hatte eine lange, weiße Mehlschürze an, lang fast wie eine Schleppe. Der Mann rief dem

Hund leise Worte zu. Er nahm ein paar Brocken halbverbrannten Brotes und warf sie auf das Pflaster. Das Tier begann gierig zu fressen. Es fraß so lange, bis der letzte schwarz verkohlte Rest verschwunden war. Es lief unter die Eisentreppe und schlürfte Wasser.

Jetzt hatte der Algerier Jakob vor dem Tor gesehen. Er hatte bemerkt, dass er dem kleinen Hund gefolgt war und ihn aufmerksam beobachtete.

Jakob hatte Angst vor dieser fremden Welt in der grauen Morgendämmerung; er hatte Angst vor dem braungesichtigen Bäckersoldaten.

Der Mann winkte ihn heran. Er hatte eine leise, rauchige Stimme, an der nichts hart war und nichts kantig. Er sagte: „Du das Hünd?"

Jakob schüttelte den Kopf. „Nein, das ist nicht mein Hund."

„Du will Hünd? Ist ganz allein. Sucht was daheim ..."

Jakob wusste, dass er keinen Hund nach Hause bringen durfte. Sie hatten selbst kaum genug zu essen. „Wem gehört denn der Hund?", fragte er mutiger.

„Nix gehört. War Hünd von Marie, was heißt Marie Belle. Marie ist fort. Hünd da."

Das war es also, was den Hund zwischen dem Sommergässchen und der Militärbäckerei hin und her trieb. Es waren die beiden Hauptpunkte im Leben der Bella Marie.

Ob der braune Bäckersoldat Maries Freund war? Aber sie war verheiratet. Und doch hatte sie einen Freund. Wenn nicht mehr. Das wusste er sicher aus den Küchengesprächen, die Tilde und Irma, das Dienstmädchen, beim Geschirrspülen führten. Da war also nichts von „Jungfrau, demutsvoll und keusch."

Jakob ahnte, was hinter diesen Freundschaften zu den farbigen Soldaten war. Daheim hatte man ihn nicht aufgeklärt. Aber in der Schule taten das die Kameraden umso drastischer. Mit eindeutigen Gebärden. Manche ältere Schwester musste „mit anschaffen", wie einer mal gesagt hatte. Der war durch ein Stück Schokolade aufgefallen, das ihm aus der Schultasche gerutscht war.

6. KAPITEL

Am 12. November 1947 erscheint Rotraud F. vor dem Kriminalbeamten, um in der Sache Melchior vernommen zu werden.

Sie sagt:

Am 11. November 1947 war ich in der Wohnung der Eltern des Melchior im Sommergässchen 2 a und bat sie, mir den Waschkessel noch einen Tag länger zu belassen. Auch erzählte ich, dass in der Stadt erzählt wird, dass ihr Sohn seine Ehefrau ermordet habe.

Ich habe die Marie als dessen Ehefrau am Donnerstag, den 6.11., oder Freitag, den 7.11.1947, gegen 10.30 Uhr über den großen Platz der Realschule laufen sehen, und zwar in Richtung Salesianergasse. Sie war allein.

Die Marie Melchior ist mir persönlich gut bekannt, und ich kann bestätigen, dass sie um diese Zeit über diesen Platz gegangen ist.

Frage:

Haben Sie Frau Marie Melchior gesprochen oder sind Sie direkt auf sie zugegangen?

Antwort:

Ich habe nicht mit ihr gesprochen. Marie habe ich nur nicht von vorne gesehen, sondern von der Seite und von rückwärts. Sie habe ich bestimmt erkannt.

Melchior gab am 12. November 1947 auf Vorhalt an:

Am 8. September 1945 habe ich Marie geb. Schranne geehelicht. In der ersten Zeit unserer Ehe haben wir gut miteinander gelebt.

Vom 12.9. bis 6.10.1946 verbüßte ich eine Gefängnisstrafe. In dieser Zeit hat sich meine Frau mit anderen Männern geschlechtlich eingelassen. Von diesem Zeitpunkt an war unsere Ehe als zerrüttet anzusehen.

Im Frühjahr 1946 ist meine Frau an Syphilis erkrankt. Während unserer Ehe hat sie von sich aus vier- oder fünfmal unsere häusliche Gemeinschaft aufgegeben und woanders gewohnt. Nach Tagen oder Wochen ist sie dann doch immer wieder in die eheliche Wohnung zurückgekehrt. So wohnte sie einmal einige Zeit bei Franz auf der Geißweide, bei Rehhardt in der Eulengasse oder bei dem Fotograf Hertel in der Lörschgasse.

Beim Rechtsanwalt habe ich dann die Scheidung eingereicht und diesen Antrag aber später wieder zurückgenommen. Ich habe ihr immer wieder verziehen. In dieser Zeit wohnte sie ständig bei Susanne M. in der Stülergasse.

Im Oktober 1947 kam sie zu mir und fragte, ob sie am Samstag, den 25.10.1947, bei mir schlafen dürfe, weil die Susanne an diesem Tag fortgehe. Ich sagte ihr zu, wenn sie nicht nur an diesem Tage, sondern wieder ständig bei mir bleibe.

Ich sah aus dem Fenster und sah im Flur der Wirtschaft „Zum Einhorn", der zu unserer Wohnung führt, einen französischen Soldaten stehen. Ich hatte das Gefühl, als warte dieser auf meine Ehefrau. Ich machte ihr diesbezüglich Vorhaltungen. Sie stellte dies jedoch in Abrede.

In unserer Wohnung bot ich ihr den Geschlechtsverkehr an. Sie erklärte, sie habe nicht viel Zeit. Sie wolle sich die Sache noch überlegen.

Es ist dann doch zum Geschlechtsverkehr zwischen uns gekommen. Nach etwa zehn Minuten sagte meine Frau, sie wolle fort. Sie hat, wie schon des Öfteren geschehen, die Absicht gehabt, wieder ins Saarland zu gehen, wo sie herkommt. Ein bestimmtes

Ziel hat sie allerdings nicht angegeben. Sie ist dann nach ungefähr zehn Minuten fortgegangen.

Am Sonntag, den 26. Oktober, nach dem Mittagessen, kam sie noch einmal in meine Wohnung. Vor dem Eingang wartete auf dem Hof ein Franzose. Sie selbst stellte sich vor die Küchentür. Ich bat sie hereinzukommen und bot ihr den Geschlechtsverkehr an. Sie lehnte ab mit der Begründung, dass sie keine Zeit habe. Meine Ehefrau zog sich die Schuhe aus und sagte zu mir, ich solle sie zur Susanne bringen. Sie nahm in meiner Wohnung noch ein Paar Schuhe von meiner Mutter mit und ging dann gleich wieder weg.

Ein französischer Soldat stand am Eingang zu unserer Wohnung und ein weiterer an dem Kraftwagen. Im Kraftwagen selbst saß ein mir unbekanntes Mädchen. Es war dies ein kleiner Geländekraftwagen, ein sogenannter Schiep. Die französischen Soldaten und meine Ehefrau stiegen ein und fuhren nach Norden die Erdebrustraße hinaus.

Von diesem Zeitpunkt an habe ich meine Ehefrau nicht mehr gesehen. Am gleichen Tag, gegen Abend, brachte ich die Schuhe der Freundin meiner Frau und übergab ihr für meine Ehefrau eine Hand voll Tabak, außerdem 50,- RM.

Abends kam ein französischer Soldat an meine Wohnung und verlangte Einlass. Ich habe dieses Ansinnen abgelehnt mit der Begründung, dass eine kranke, schwächliche Person hier sei, die sich fürchte.

Es war dies eine Ausrede und ich habe sie deshalb gebraucht, weil ich zu dieser gleichen Zeit eine Freundin in meiner Wohnung hatte und deshalb nicht öffnen wollte.

Meine Frau ist fortgegangen, fortgefahren, wohin, weiß ich nicht. Ich habe meiner Ehefrau kein Leid angetan.

Wenn Zeugen vorhanden sind, die behaupten, dass ich am Samstag, den 25. Oktober 1947, abends meine Frau in unserer Wohnung geschlagen habe, so erkläre ich hierzu, dass dies nicht der Wahrheit entspricht.

7. KAPITEL

Zur Einvernahme erscheint im kargen Büro der Kriminalpolizei Gertrud Folle. Die junge Frau sagt:

Am Samstag, dem 25. Oktober 1947, zwischen 20 und 21 Uhr, holte ich meinem Vater in der im Vorderhaus gelegenen Gastwirtschaft „Zum Einhorn" eine Flasche Selterswasser. Als ich in den Hof ging, hörte ich die Ehefrau Maria Melchior in ihrer Wohnung anhaltend und gellend aufschreien. Fast gleichzeitig hörte ich einen Stuhl umfallen. Ich ging in die Wirtschaft und erzählte meine Wahrnehmungen der Frau Brauer, der Wirtsfrau. Ich sagte: „Die Eheleute Melchior haben sich schon öfter gegenseitig verschlagen und verkratzt. Jetzt bekommt sie, die Marie, ihre Schläge."

Einen Tag später, am 26.10.1947, ging ich erst gegen 15 Uhr von zu Hause weg. Auf der Erdebruststraße vor der Wirtschaft „Einhorn" bzw. vor unserer Hofeinfahrt, die liegt daneben, habe ich weder einen Kraftwagen noch französische Soldaten gesehen.

Weiteres Verhör in der gleichen Sache. Vor dem jungen Kriminalbeamten sitzt die Gastwirtsfrau Brauer. Sie gibt an:

Mein Ehemann und ich führen die Gastwirtschaft „Zum Einhorn". Am Samstag, den 25.10.1947, in den Abendstunden, kam die neben uns wohnende Gertrud Folle und kaufte eine Flasche Selterswasser. Bei dieser Gelegenheit erzählte sie, dass Melchior gerade wieder seine Frau schlage. Ich selbst habe sie nicht schreien gehört.

Als früher einmal die Frau Melchior schrie, wollte mein Ehemann in deren Wohnung gehen. Melchior hat ihn daraus verwiesen und mit Anzeigeerstattung wegen Hausfriedensbruch gedroht. Mein Ehemann erwähnte dann, dass er nicht mehr hingehen würde, gleichgültig, was passiere.

Am folgenden Sonntagnachmittag habe ich vor unserem Hause bzw. vor unserer Toreinfahrt keinen Kraftwagen und keinen französischen Soldaten gesehen.

Einen oder zwei Tage später brachte Melchior die Lebensmittelkarte seiner Frau zu mir, mit der Bitte, diese der Susanne zu geben. Die hat sie dann abends bei mir abgeholt. Dabei machte sie die Bemerkung, dass sie glaube, dass Melchior seine Frau totgeschlagen habe. Sonst kann ich zu dieser Sache keine Angaben machen ...

Der vernehmende Kriminalbeamte macht unter das schriftlich festgemachte Verhör eine Anmerkung. Er schreibt:

Unterzeichneter:

Das Gerücht, dass Melchior seine Ehefrau getötet hat, will in der Stadt nicht verstummen.

Am 17. November 1947 brachte ich in Erfahrung, dass der Postschaffner Heinz Wesner aus Berghausen in seinem Ort Ende Oktober 1947 gesehen hat, wie Melchior mit einem beladenen Handkarren in Richtung Berghausen fuhr. Für Melchior ein belastendes Element ...

Heinz Wesner, der am 17. November zur Sache gehört wird, ist ein guter Zeuge, denn er ist ein sicherer Zeuge. Er erzählt, dass er in der letzten Oktoberwoche Urlaub gehabt habe und am 1. November wieder den Dienst bei der Eisenbahn aufnahm. Er hatte den Herbsturlaub dringend gebraucht, weil er sein Feld zu bestellen hatte. Er musste die Herbstsaat ausbringen.

Am Morgen des 27. Oktober, es war ein Montag und zwei Tage, nachdem das Mädchen den Schrei aus Melchiors Wohnung dringen hörte, an diesem Morgen säte Heinz Wesner einen Acker

Weizen. Irmi Wesner, die 17-jährige Tochter, half ihm dabei. Das Feld lag in der Gewanne der Storchenäcker, und zwar so, dass es ungefähr die Mitte zwischen dem auf dem Hochufer liegenden Berghausen und der Silhouette der Stadt einnahm. Auch bei diesigem Herbstwetter konnte man das Schiff der Kathedrale sehen mit seinen vier Türmen. Es lag geduckter als die neugotische Retscherkirche, weil mehr dem Strom und der ersten Uferzone zugehörig.

Gegen 11.30 Uhr, so erinnert sich Wesner, waren sie mit der Arbeit fertig. Irmi lenkte das Kuhfuhrwerk in Richtung Berghausen, und er lief nebenher.

Etwa zweihundert Meter von dem bestellten Acker entfernt, sahen Vater und Tochter, wie ein Mann einen vierrädrigen Handwagen hinter sich herzog.

Wesner schritt den Kleeacker hinunter und stieß auf den Mann.

„Ich erkannte ihn sofort als den jungen roten Melchior aus der Stadt", gab Wesner zu Protokoll. „Ich kenne ihn schon länger. Mit ihm habe ich manche Flasche Wein getrunken. Melchior hat mir selbst schon erzählt, dass er Hengste geschnitten, das heißt, kastriert habe."

Der Feierabendbauer fragte Melchior erstaunt, was er auf seinem Acker zu schaffen habe.

Melchior: „Ich will einer Frau aus der Stadt eine Gefälligkeit erweisen und ihr Schutt ins Schuttloch fahren."

Wesner wendet ein, dass es in der Stadt doch genug Schuttlöcher gebe und dass er deshalb nicht diesen gewaltigen Umweg auf die Bergháuser Gemarkung machen müsse.

Er habe sich halt verfahren, murmelt Melchior.

Wesner schildert, was er auf dem Kleeacker gesehen hat, so:

„Melchior führte einen vierrädrigen Handwagen mit sich. Er war noch neuwertig, in der Farbe aber ein bisschen verblasst.

In dem Kastenaufbau lag eine Art Ballen, in grau-grünlichem Ölpapier eingeschlagen. Der Ballen war etwa 0,70 m lang und füllte etwa drei Viertel des Handwagens aus. In der Höhe ragte der Ballen noch etwas über den Kastenaufbau hinaus.

Der Ballen war nicht verschnürt und oben glatt. In dem Ölpapier waren kleine Quadrate eingewebt, wie ein dünnes Drahtgeflecht bei einem Glasdach.

Sonst habe ich auf dem Handwagen nichts wahrgenommen. Ich habe keinen Schutt gesehen. Ich darf wohl mit Bestimmtheit annehmen, dass man Schutt nicht mit Papier einpackt. Ich habe nicht gesehen, aus welcher Richtung Melchior zu unserem Kleeacker kam."

Melchior fragte nach einem Schuttloch. Wesner zeigte ihm eines, das links rückwärts zu Berghausen lag, außerdem auch die Wasserlöcher, in welche die Thalhäuser meist ihren Schutt brachten. Melchior solle nur auf dem Storchenweg bleiben, auf dem ersten Feldweg nach links einbiegen, dann komme er an ein großes Wasserloch.

Der Mann zog seinen Handwagen weiter über den Kleeacker. Wesner ging zu seinem Kuhfuhrwerk und erzählte seiner Tochter, was er eben erlebt hatte.

Im Verhör bestätigte auch die 17-jährige Irmi Wesner, dass sie den rothaarigen Mann mit dem Handwagen gesehen habe. Er habe ein steifes Bein und sei Viehkastrierer.

Sie sagte: „Ich war allerdings eine Ackerlänge von den beiden entfernt und konnte nicht hören, was sie gesprochen haben."

8. KAPITEL

Der Müllplatz liegt am Rande der Stadt. Zwischen einem hohen Wohnblock aus der ersten Nachkriegszeit, damals erbaut für die französische Besatzung, und dem Roten Weiher.

Noch vor wenigen Jahren war über dieses brache Gelände eine Schienenspur gelaufen. Sie führte auf einem Seitenweg die Schmalspurbahn zur Brücke über den Strom nach Heidelberg. Die Brücke war in den letzten Kriegstagen von deutschen Soldaten gesprengt worden; die Schienen nächtens zertrennt und in einigen Schmieden verschwunden. Die schweren Holzschwellen mit dazu. Sie gaben ein heißes, beizendes Feuer.

Der Müllplatz bestand aus einer dünnen Decke von Unrat. Ratten hielten sich hier ungern auf. Wenn etwas an Speiseresten von den heimischen Esstischen abgefallen war, dann landete es in den meist schmalen und dunklen provisorischen Hühnerhöfen. Auf dem flachen Müllplatz lag nur, was absolut nicht mehr zu gebrauchen war; zwei-, dreimal gewendet, genauestens auf seinen Gebrauchswert untersucht.

Es war ein fahler Nachmittag. Mitte November. Die Luft war trocken, manchmal schaute eine schon tief im Westen stehende Sonne durch die weißgrauen Wolkenstreifen.

Jakob stocherte auf dem Müllplatz zwischen zerbrochenen Vasen und Töpfen herum, zwischen verblichenem Jugendstilkram. Aber es war alles so aus den Fugen, so geborsten, dass sich ein Aufheben nicht lohnte.

Jakob wusste, was Jugendstil war. Als sie vor zwei Jahren wieder in das hohe Haus der Großmutter einziehen durften, da war die Oma schon bei ihrer Tochter unter. Weit weg in einem kleinen Dorf vor dem Donnersberg. Zurückgelassen hatte sie eine zwar komplette Wohnung aus zwei stattlichen Etagen. Aber niemand der vielköpfigen Familie war bereit, in diesem muffigen, wenn auch stilreinen Jugendstil-Rahmen zu wohnen.

An den Plafonds hingen noch die Gaslampen mit ihren Glühstrümpfchen und Seidentroddeln. Die Möbel waren fast schwarz. Die Stores hingen wie schwere Gewitterwolken vor den hohen Fenstern.

Das Atmen der achtköpfigen Familie war flach geworden, fast ängstlich unter dieser düsteren Last vergangener Autorität. So kam es, dass ein Jugendstilstuhl nach dem anderen einem schlichten Fichtenholzstuhl wich, ein sargähnlicher Schrank einem weißlackierten oder naturfarbenen Kiefermöbel.

Jakob war der einzige Besucher der wilden, ertragsarmen Stätte auf dem Müll. Der späte Herbstnachmittag hatte keinen seiner Kameraden hierher gelockt.

Außer einer abgebrochenen Eisenfeile und einem Holzstück, in dem man einen Hammerstil erhoffen konnte, besaß er bislang nichts an Ausbeute.

Jakobs Suchen war so konzentriert, dass er den gebückten Mann nicht bemerkte, der von Westen kam, fast in der milchigen Sonnenscheibe, tief gebückt und ohne Profil. Das Gesicht lag im Schatten.

Jakob erschrak bis zum Herzflackern, als der Schatten über ihn fiel.

Er schaute hoch und sah das käsigblasse Gesicht mit dem steil aufgerichteten Schnurrbart, der wie eine große graue Briefmarke unter einer kümmerlichen Nase hing. Es war überhaupt ein armseliges Männchen, das dünn vor Jakob stand.

Der Bub erhob sich schnell und verbarg einen kleinen Fund hastig hinter dem Rücken.

„Kein Glück heute?“, heuchelte der Mann.

Jakob hatte ihn sofort erkannt. Er war einer von Melchiors

wenigen Freunden; er besuchte den Kastrierer gelegentlich in seinem Häuschen hinter der Stadtmauer. Der Junge hatte ihn schon gesehen, wenn er für den Vater Sommerabends einen Krug Bier aus der Wirtschaft holte.

Jakob wollte sich brüsk abwenden, da hielt ihn der Mann am Arm fest. Nicht zu hart, aber dennoch so stark, dass er sich davon nicht befreien konnte.

„Was hast du denn gefunden?... Zeig mal her!"

Jakob wusste, dass er sich nicht wehren konnte. Langsam öffnete er die Hand. Darin lag ein verrostetes Benzinfeuerzeug. Vom oberen Kranz war ein Stück weggebrochen. Ein Feuerstein war nicht darin, aber den konnte er selbst leicht beschaffen in diesen trüben Tagen.

Er hatte zu lang auf das Feuerzeug geschaut. Plötzlich war es weg. Jetzt hatte es der Mann in der Hand. Er ließ es in seiner gebeulten Rocktasche verschwinden.

„Na, dann wollen wir mal ...", sagte er schleppend. Er zog weiter, über den Müll, als ob nichts gewesen wäre.

In dem Jungen stieg eine lähmende Leere hoch. Er hatte kein Ziel. Also wollte er heimgehen. Sein Weg führte ihn zum Rheinufer hin, durch die entlaubte Kastanienallee. Sie endete jäh an einer abgebrochenen Brückenrampe. Am Rheinufer und aus dem Strom ragten die Eisentrümmer der gesprengten Brücke in den fahlen Himmel.

Jakob sah nach Süden, auf den Bogen des breiten Flusses. Der führte schon herbstliches Hochwasser und dehnte sich wie eine bleigraue Wüste bis unter die Weiden am jenseitigen Ufer. Kurz vor dem Bogen des Flusses sah der Junge Ketsch, ein Dorf auf badischer Seite.

Dort hatten er, seine kleine Schwester Bärbel, der Vater und die Mutter nach einem langen, langen Spaziergang einmal Rast gemacht. Im „Roten Ochsen". Es war gerade Kerwezeit gewesen. Aber es war 1947, eine brot- und wurstlose Kerwe.

Im ungeschmückten Gastraum hatten einige Männer gesessen

und dünnes Bier getrunken. An der Wand, auf einem kleinen Holzpodium, hatte ein schmaler, schwarzhaariger Bursche gelehnt. Er zog leidenschaftslos die Ziehharmonika und sang mit verlogenem Schmalz:

Wann bai Kappri die rotte Sonne in Määr versinggt,
un vom Himmäl die blaiche Sischel des Mondes blinggt ...
Bälla, bälla, bälla, bälla Marie,
blaib mir trai,
isch komm surick morjen frieh.
Bälla, bälla, bälla, bälla Marie,
vagiss misch nie ...

Der Vater hatte sich erinnert, als wollte er Jakobs Elend vollkommen machen, dass er vor dreißig Jahren von seinem Vater im „Ochsen" einmal eine rote Wurst aus dem Wurstkessel bekommen hatte. Vor dreißig Jahren ...

Und heute?

Für Bärbel und ihn hatte es mit Ach und Krach je ein kleines Glas giftgrüne Limonade gegeben; und die Eltern hatten dankbar sein dürfen, dass ihnen dafür nichts von den Lebensmittelmarken abgeschnitten wurde.

Es war schon ein verdammt trockenes und hungriges Jahr. Das Jahr 1947.

9. KAPITEL

Jakob machte sich in der Dämmerung auf den Heimweg. In den Wohnungen waren die Lichter angeknipst worden. Von mancher Stubendecke hing die nackte Glühbirne. Als er daheim in den Hausflur einbog, hörte er aus dem Nachbarhof eine schmetternde Mädchenstimme:

Wenn bei Capri die rote Sonne im Meer versinkt,

sang sie, und ihr Tremolo hatte sie täuschend ähnlich dem Rudi Schurickes angenähert. Jakob lief's kalt über den Rücken.

Wenn bei Capri die rote Sonne im Meer versinkt,
und vom Himmel die bleiche Sichel des Mondes blinkt,
zieh'n die Fischer mit ihren Booten aufs Meer hinaus,
und sie werfen im weiten Bogen die Netze aus.
Nur die Sterne, sie zeigen ihnen am Firmament,
ihren Weg mit den Bildern, die jeder Fischer kennt,
und von Boot zu Boot das alte Lied erklingt,
hör von fern, wie es singt:
Bella, bella, bella, bella Marie, bleib mir treu,
ich komm' zurück morgen früh.
Bella, bella, bella, bella Marie, vergiß mich nie ...

Der letzte Trällerer war noch nicht aus der Mädchenkehle geschmettert, als eine harte Stimme dazwischen klang:

„Vergiss mir nie ...!!!! Hoffentlich hast du nicht die Kartoffeln vergessen! Die müssten schon längst auf dem Herd stehen ... Wenn der Vater heimkommt und ..."

Die befehlsgewohnte Stimme konnte nicht weiter drohen, denn schon sang das Mädchen weiter:

Aber main liiebes Mütterlein,
wer wird denn glaich so böse sain.
Die Kartoffeln ganz frisch -
sie stehen drühüben aufm Tisch.

Man hörte befreites Lachen. Eine Tür schlug zu. Aus war es mit dem fernen Theater.

Zwei Häuser weiter. Die Familie, Vater, Mutter, sechs Kinder und das Dienstmädchen Irma, sitzt am Esstisch. Das Abendessen ist stilvoll aufgetragen. Zum Teil von Irma. Auf Porzellan von Rosenthal, Maria Weiß, wie seit vielen Jahren. Ja, vor dem Krieg. Auf den Tellern je ein schmales, dünnes Stück Brot. Dazu grellgelber Brotaufstrich, Marke „Gute Butter". Der Vater, chemiebewandert, vermutet darin allerdings mehr die nahe BASF als eine ferne Kuh. Dazu Pfefferminztee. Und einige späte Blümchen.

Jeder hat seinen angestammten Platz. Der Vater ganz oben an der Schmalseite. Neben ihm die Mutter, dünn und klein, den ersten Platz an der Breitseite einnehmend. Neben ihr die älteste Tochter, die groß gewachsene, arg schlanke Tilde. Dann kommt die quirlige Katharina, das Katche. Die untere Schmalseite nehmen zwei ungleiche Geschwister ein: der zweitälteste Sohn, Adam, und die Allerkleinste in der Familie, das zartblonde Bärbelche. Die nächste an der unteren Breitseite ist Irma. Immer sprungbereit zwischen Küche und Esszimmer. Immer lachbereit. Wenn's geht. Neben ihr, tischaufwärts, sitzt Karl, fast so großgewachsen wie die Tilde ihm gegenüber. Und fast genauso dünn. Neben ihm beschließt der Zweitkleinste der Familie, Jakob, die Runde am großen, weißgedeckten Rechteck.

Adam, der ansonsten ungewöhnlich schweigsam ist, ungewöhnlich für diese redebesessene Familie, räuspert sich fest.

Alle sehen ihn überrascht an. Lakonisch bemerkt er:

„Der Mord steht fest. Er ist bestätigt ...“

Alle schweigen betroffen.

Dann sagt der Vater: „Hat man die Tote gefunden?“

Adam nickt: „Ja, wenigstens teilweise ...“

Die Mutter: „Schrecklich! Woher weißt du das?“

„Vom Hartmut. Dem sein Vater ist doch der Friedriche Max von der Polizei ...“

Ausnahmsweise herrscht am Tisch eine tiefe Stille. Niemand fragt weiter. Jeder hängt seinen schweren Gedanken nach.

Da schluchzt Irma auf und rennt laut heulend in die Küche.

10. KAPITEL

Die Polizei wollte tags zuvor mit der Festnahme des Melchior nicht länger warten. Die Verdachtsmomente, er habe seine Frau umgebracht und beseitigt, wurden immer drückender.

So heißt es im Polizeibericht vom 19. November 1947:

Edwin Melchior wurde gestern in der elterlichen Wohnung vorläufig festgenommen. Polizei-Obermeister bei der Kriminalpolizei Wär und Unterzeichneter nahmen im Beisein des Beschuldigten eine Hausdurchsuchung vor, die nichts Belastendes ergab. Am gleichen Tag gegen 11.30 Uhr fuhr Polizei-Wachtmeister Krais und Unterzeichneter mit dem Beschuldigten nach Berghausen, um eine Gegenüberstellung mit dem Zeugen Wesner durchzuführen.

Wir begaben uns alle auf den Kleeacker des Wesner. Hier wiederholte dieser im Beisein des beschuldigten Melchior seine Beobachtungen und was er mit ihm gesprochen hat. Wesner erklärte ausdrücklich zu Melchior:

„Sie sind der Mann, der am 27. Oktober 1947 um die gleiche Zeit mit einem Handwagen über meinen Acker gefahren ist.“

Melchior erwiderte darauf: „Ich war nicht hier. Sie täuschen sich bestimmt. Hierher bin ich noch nie gekommen. Über diesen Acker bin ich noch nie mit einem Handwagen gefahren. Ich habe keinen Schutt hierher gefahren. Ich würde so etwas nie tun. Ihre Angaben, dass ich hier war, müssen Sie beeiden.“

Wesner erklärte darauf, dass er in der Lage sei, seine Aussage zu beeiden.

Auf dem Kleeacker des Wesner konnte ich noch deutlich eine

Fahrspur von einem Handwagen feststellen.

Die Ehefrau des Melchior ist seit dem 25. bzw. dem 26. Oktober 1947 unbekannten Aufenthaltes. Der Zeuge Wesner hat Melchior bestimmt erkannt, als er mit einem beladenen Handwagen über seinen Acker fuhr. Nachdem Melchior dies bestreitet, ist dies in hohem Maße verdächtig und für ihn belastend.

Melchior gibt selbst an, nie Schutt bis an die Wasserlöcher von Berghausen zu fahren. Er stellte in Abrede, an der von dem Zeugen Wesner gezeigten Stelle und an dem großen Dammbruchwasserloch in der Nähe des Altrheins gewesen zu sein.

Ein Irrtum des Zeugen Wesner scheint ausgeschlossen, nachdem dieser ihn, Melchior, schon aus früheren Jahren kenne und Melchior um die fragliche Zeit direkt gegenüberstand und mit ihm gesprochen hat.

Nachdem Melchior die Begegnung mit dem Zeugen Wesner bestreitet, begründet und verstärkt sich dadurch der Verdacht, dass Melchior seine Ehefrau beseitigt hat.

Am 19.11.47 teilt der Zeuge Wesner mit, dass ein weiterer Zeuge den beschuldigten Melchior zu der fraglichen Zeit auf dem Rückweg in der Nähe des Wasserlochs gesehen habe. Es handelt sich dabei um Hannes Stahl aus Berghausen, in der Hauptstraße wohnhaft.

Der Zeuge Stahl wird von mir noch gehört und das Ergebnis nachgereicht.

Die Personalien der Ehefrau Melchior lauten:

Melchior, Maria geb. Schranne, Tochter von Nikodemus und Anne geb. Heuse, Ehefrau von Edwin, kath., deutsch, geb. am 23.12.1925 in Homburg/Saar.

Der Beschuldigte Melchior wurde am 18.11.47 von der elterlichen Wohnung aus zu hiesiger Dienststelle verbracht. In der Mittagszeit wurde eine Gegenüberstellung mit dem Zeugen Wesner durchgeführt.

Gegen 16 Uhr wurde Melchior eröffnet, dass er dem Richter vorgeführt werden müsse zur Prüfung der Haftfrage.

Melchior wurde am 19.11.47 dem Amtsgericht zugeführt, weil ein Verbrechen den Gegenstand der Untersuchung bildet. In der „Verantwortlichen Vernehmung“ vom 18. November 1947 heißt es:

Edwin Melchior:
Ich bin am 1.11.1910 in Bildstock geboren. In Saarbrücken besuchte ich die Volkshauptschule und zwei Jahre das Gymnasium. 1922 zogen meine Eltern nach hier. Von diesem Zeitpunkt ab besuchte ich wieder die Volksschule. Nach meiner Schulentlassung kam ich als Bürolehrling in die Möbelfabrik hier.

Von meiner Jugend an erlernte ich bei meinem Vater den Beruf des Viehkastrierers. Nach beendigter Lehrzeit auf dem Büro übte ich bis zum heutigen Tage den Beruf als Viehkastrierer aus.

Mit dem Gegenstand der Vernehmung wurde ich bekannt gemacht. Ich beziehe mich auf meine Angaben in den Akten vom 12.11.47.

Am Sonntag, den 26.10.47, abends, bekam ich Damenbesuch. Das Mädchen hat die ganze Nacht bei mir zugebracht. Wir haben bis zum folgenden Tag bis gegen 10 Uhr geschlafen. Anschließend standen wir auf. Ich bereitete Kaffee. Nach dem Kaffeetrinken ging das Mädchen weg. Den Namen dieses Mädchens möchte ich vorerst noch nicht nennen, um ihr keine Unannehmlichkeiten zu bereiten.

Ich rechne damit, dass meine Ehefrau inzwischen wieder zurückkehrt und sich die Sache dann so aufklärt.

Anschließend ging ich in die Stadt, um Lebensmittel einzukaufen. Auch besuchte ich meine Mutter. Bei ihr habe ich zu Mittag gegessen.

Nachmittags um 14.30 Uhr fuhr ich mit der Lokalbahn nach Geinsheim und kam um 18.30 Uhr wieder zurück. Abends ging ich frühzeitig zu Bett.

Am anderen Tag, den 28.10.47, habe ich bis gegen 9 Uhr geschlafen. Anschließend ging ich in die Stadt, wie ich das immer tue, und besuchte wiederum meine Mutter.

Um 14.30 Uhr fuhr ich wieder nach Geinsheim, weil ich dort als Kastrierer noch zu tun hatte. Um 18.30 Uhr kehrte ich wieder zurück.

Am Montag, den 27.10.47, habe ich bei Knestel Josip und am 28.10.47 bei Blender Alfons gearbeitet. Beide aus Geinsheim.

Ich bestreite, meine Frau getötet zu haben oder ihr sonstwie ein Leid zugefügt zu haben.

Den Mann, der mir heute in Berghausen gegenübergestellt wurde, kenne ich von der Eisenbahn her. Es ist schon lange her, dass ich einmal mit ihm gesprochen habe. Dem Namen nach kenne ich ihn nicht. Trotz Gegenüberstellung mit diesem Mann erkläre ich, dass ich weder am 27.10. noch am 28.10.47 gegen Mittag mit einem Handwagen im Bann von Berghausen an der von dem Mann bezeichneten Stelle war. Wenn dieser Mann, Wesner, angibt, dass ich der Mann war, der am 27.10.47 gegen 11.30 Uhr in Berghausen über seinen Kleeacker gefahren ist, so habe ich dazu zu sagen, dass dies nicht der Wahrheit entspricht. Ich bin der Ansicht, dass sich Wesner irrt. Auch habe ich das Gefühl, dass dieser Wesner mich nicht leiden kann.

Sonst will ich zur Sache keine Angaben machen.

Am 19. November 1947 macht Edwin Melchior erneut eine Aussage. Es geht um das letzte Zusammentreffen mit seiner Frau. Zur Sache erklärt er:

Ich bin kein Mörder. Wenn meine Frau umgebracht worden ist, so hat sie es vielleicht verdient.

Dem Beschuldigten werden noch einmal die Aussagen des Zeugen Wesner vorgehalten. Melchior erklärt:

Den Zeugen Heinrich Wesner kenne ich seit längerer Zeit. Wenn er behauptet, er habe mich am 27.10.47 gegen 11.30 Uhr auf seinem Kleeacker im Banne Berghausen gesprochen, so muss er sich irren.

Meine Frau ist schwer herzleidend und leidet an epileptischen Anfällen.

Am Samstag, den 25. Oktober 1947, abends nach 8 Uhr, war meine Frau alleine bei mir in der Wohnung. Ich hatte sie bei Frau Müller in der Stülergasse geholt, wo sie sich mit ihrer Freundin Jasmine A. und zwei farbigen Soldaten befunden hat.

Als wir eintraten, stand vor unserem Hauseingang ein französischer Soldat, nach welchem meine Frau sich umsah. In der Wohnung wollte meine Frau Geld von mir. Ich wollte ihr zuerst 50 Mark geben, sagte aber dann, ich würde ihr 100 Mark geben, wenn sie bei mir bliebe. Darauf sagte sie, sie wolle 50 Mark haben und fortgehen.

Ich antwortete: „Wenn du nicht bei mir bleibst, bekommst du keinen Pfennig."

Darauf entstand ein Wortwechsel. Ich hob die Hand, wie wenn ich sie schlagen wollte und sagte: „Du blödes Stück Möbel, du könntest es doch viel schöner haben!"

Meine Frau hatte kolossal Angst vor mir. Ich habe sie selten geschlagen. Sie bekam Anfälle, wenn ich sie geschlagen habe.

Meine Frau sagte zu mir: „Du blöder Hammel!"

Darauf erhob ich beide Hände gegen sie, schlug ihr mit der rechten Hand, in welcher ich den 50-Mark-Schein hielt, auf die Schulter und drückte sie mit der linken Hand von der Türe weg, welche ich dann zuschloss.

Währenddessen schrie meine Frau laut.

Ich sagte: „Du kannst von Glück reden, dass draußen jemand auf dich wartet, sonst hätte ich dir ein paar geklebt."

Unmittelbar danach führte ich, an der Tür stehend, mit meiner Frau den Geschlechtsverkehr aus. Darauf wurde meine Frau sofort ruhig. Ich machte ihr die Tür auf, und sie ging hinaus, ohne die 50 Mark mitzunehmen.

Ich fragte sie noch, ob sie morgen wiederkäme, worauf sie antwortete, das wüsste sie noch nicht, und mich fragte, ob ich ihr nachginge. Worauf ich sagte: „Du brauchst keine Angst zu haben, ich sperre hier zu, hier kommst du nicht mehr herein."

Am Sonntag, den 26. Oktober, kam meine Frau nochmals zu mir.

Wegen der weiteren Vorgänge mache ich die gleichen Aussagen wie bei meiner polizeilichen Vernehmung am 12.11.47, welche mir soeben vorgelesen wurde.

Am Abend des 26.10.47 kam ein französischer Soldat von dunkler Hautfarbe in Begleitung von Jasmine A. an meine Wohnungstür und begehrte Einlass. Ich sagte zu Jasmine, sie könne nicht hereinkommen, ich hätte Besuch und diese Person habe Angst vor der Uniform. Die Jasmine verdolmetschte das dem Soldaten. Der Soldat sagte zu mir, er würde einen Gendarm holen, dann käme er herein.

Darauf sagte ich: „Gut, wenn du einen Gendarm holst, kannst du herein."

Inzwischen war Frau Müller aus der Stülergasse herausgekommen und rief über die Straße weg die Jasmine und den farbigen Soldaten zu sich.

Auf Frage:

Ich habe die beiden deshalb nicht in meine Wohnung gelassen, weil in meinem Bett die Elfriede S., 24. J. a., ledig, Speyer, Johannitergässchen 1 a, lag. Diese war halb ausgezogen. Außerdem lasse ich nicht gerne Marokkaner in meine Wohnung, weil sie doch nur zu meiner Frau wollen.

Ich habe meiner Frau nichts angetan.

Am Abend des 26. Oktober 1947 habe ich mit der Elfriede in meiner Wohnung Kartoffelpuffer gebacken.

Am 27.10.47 früh um 10 Uhr verließ die Elfriede meine Wohnung.

Auf Frage:

Am 27.10.47, nach dem Weggang der S., zog ich mich an und besorgte dann Einkäufe in der Stadt. Zuerst war ich bei Simoni auf der Hauptstraße, wo ich um 11 Uhr nach Kartoffeln fragte, dann auf dem Wirtschaftsamt, wo ich mir den Aushang betrachtete, und um 11.30 Uhr war ich beim Fotokunstverlag auf der Hauptstraße, wo ich nach dem Bild meiner Frau fragte. Dort bediente mich immer das gleiche Fräulein, welchem ich meinen Namen nannte und welches bestätigen kann, dass ich um diese Zeit dort war.

Dann ging ich nach Hause. Ich fuhr anschließend um 13.30 Uhr mit der Lokalbahn nach Geinsheim, wo ich bei Eduard M., in der Nähe der Kirche, Ferkel kastrierte.

Ich bin überzeugt davon, dass sich meine Frau eines Tages wieder melden wird ...

11. KAPITEL

Vor dem Polizeibeamten sitzt der Nebenerwerbsbauer Karl Zimmermann. Er ist freiwillig gekommen, um eine Aussage zum angenommenen Mordfall Marie Melchior zu machen. Er gibt an:

Am 18. November 1947 wurde erzählt, dass ein gewisser Melchior seine Frau umgebracht und ihre Leiche an den Schuttabladeplatz der Gemeinde Berghausen verbracht habe. An diesem Tag war auch die Polizei an dem Schuttabladeplatz gewesen und hat nach der Leiche vergebens gesucht.

Melchior ist Ende Oktober 1947 von dem Eisenbahnbediensteten Wesner aus Berghausen gesehen worden, wie er mit einem beladenen Handwagen in Richtung Schuttplatz gefahren ist. Daher ist der Verdacht aufgekommen, dass Melchior die Leiche seiner Frau an den Schuttabladeplatz gebracht habe. Ich habe mir bei dem Schuttabladeplatz einen Acker hergerichtet, den ich mit Korn eingesät habe. Da ich befürchtete, dass die betreffenden Personen beim Suchen der Leiche meinen Acker zertreten hatten, bin ich am 19.11.47 an die betreffende Stelle gegangen.

Ich darf hier erwähnen, dass nach Anwesenheit der Polizei sich eine Anzahl Personen der umliegenden Ortschaften an den Schuttabladeplatz begaben, weil sie glaubten, es sei dort etwas zu finden.

Ich begab mich von Berghausen zunächst an den Rhein und lief auf dem Heimweg den Rheindamm entlang. Ich komme dabei an eine Vertiefung, etwa 200 Meter vom Schuttabladeplatz entfernt. Die Vertiefung hat die Größe eines Zimmers und ist teilweise mit Wasser gefüllt.

Vom Rheindamm aus konnte ich auf der Oberfläche des Wasserlochs etwas sehen, das ich aber nicht genau beschreiben konnte. Ich bin deshalb näher an das Loch herangetreten und konnte feststellen, dass es sich um Gedärme und einen Magen handelt.

Durch diese Entdeckung suchte ich den ganzen Wasserspiegel ab und entdeckte, etwas links von diesen Gedärmen entfernt, ein Stück grünes Ölpapier. Ich konnte an dieses nicht nahe heran, aber ich habe den Eindruck gewonnen, als wenn in dieses Papier etwas eingewickelt wäre. Es war mir nicht möglich, das Papier näher an Land zu ziehen, weil ich dazu eine Stange benötigt hätte, die mir aber nicht zur Verfügung stand.

Mir ist die Sache sonderbar vorgekommen; und da mir bereits bekannt war, dass die Leiche der Frau Melchior in der dortigen Gegend gesucht wurde, habe ich an die Möglichkeit gedacht, dass es sich hier um Leichenteile handeln könnte.

Nach meiner Rückkehr habe ich meine Frau unterrichtet und sie gebeten, am nächsten Tag auf das Bürgermeisteramt zu gehen und dort die Sache zu melden.

Ich stehe in Ludwigshafen in Arbeit und hatte keine Zeit, meine Wahrnehmungen selbst der Polizei zur Kenntnis zu bringen.

12. KAPITEL

Es war später November geworden und ungewohnt winterlich. Die Versorgungslage war nach wie vor schlecht. Jakobs Vater beschließt, mit seinem kleinen Opel P4 an den Bodensee zu fahren. Vielleicht kann er dort Äpfel und Birnen organisieren.

Zum Tauschen hat er mehrere Kisten Wachsmodel nach alten bäuerlichen Vorlagen, nachgegossene Barockmadonnen, Kruzifixe und Hinterglasbilder mitgenommen. Alles Gegenstände kunstgewerblicher Art, wie er sie in seinem kleinen Betrieb von jungen Frauen gießen und bemalen ließ. Sie waren in der Zeit der inflationierten Reichsmark und, weil es an Dingen des täglichen Bedarfs für Geld nichts zu kaufen gab, sehr gefragt. Die Kunden standen in den Wochen des nahen Advents durch den Vorgarten bis auf die Straße. Die Geldkästen füllten sich. Nur, das Geld war wenig wert.

Jakobs Vater hatte nach einem wochenlangen Papiergefecht mit den französischen Besatzungsbehörden endlich die Erlaubnisscheine zum Durchqueren der Französischen Zone erhalten. Es war für ihn ein großes Glück, dass General De Gaulle nach dem Kriegsende einen stattlichen Streifen Landes von den siegreichen Amerikanern abgetrotzt hatte. Er umschloss das spätere Rheinland-Pfalz, von Koblenz bis zur französischen Grenze, auf der badischen Rheinseite das alte Land Baden, von Karlsruhe bis an den Bodensee, hier bis an die amerikanisch-bayerische Grenze vor Lindau.

So konnte der Vater Jakobs getrost, wenn auch frierend und hungernd, dem gelobten Land der großen Apfelernten entgegeneilen.

Der kleine Opel P4 war schnell fahrbereit. Sein Kofferraum bestand aus einer großen schwarzen Holzkiste, die ein geschickter Sattler dem kleinen grauen Auto hintendrauf montiert hatte.

Trotz nur mäßiger Fahrkünste und oft schnee- oder eisglatter Straßen überwand Jakobs Vater das noch recht milde Rheintal und die gefährliche Hürde des Südlichen Schwarzwaldes.

Von den weiß überpuderten Hegau-Hügeln sah er an einem klaren Nachmittag den weiten Bodensee unter sich liegen.

Jakobs Vater hatte die vorweihnachtliche Tour gut vorbereitet. Buchhändler und Tandler religiöser Kunst nahmen die begehrte Ware aus dem schwarzen Kofferraum. Sie rissen sich förmlich darum. Von Stockach bis Lindau. Und sie boten ihm dafür erste Apfel-Adressen. Er hatte noch nicht einmal beschämt an einer Pfarrhaustür anklopfen müssen. In diesen düsteren Tagen oft die einzige, die letzte Adresse für gut angeschriebene Christen. Oder solche, die sich dafür ausgaben.

Im Hinterland des Sees, in Marktdorf, war er zum letzten Mal fündig geworden und hatte seinen Kofferraum-Koffer bis in den letzten Winkel gefüllt.

Es war früher, aber doch schon nachtschwarzer Abend. Jakobs Vater rastete mit halberfrorenen Füßen in einer dunklen Seitenstraße. Er zog die Schuhe aus, um die Füße mit den Händen warm zu kneten.

Er saß einige Minuten im fahlen Licht einer gasflackernden Straßenlampe, als ein kleiner französischer Militärwagen auf ihn zukam. Zwei Militärpolizisten hielten bei ihm an und standen schon vor seiner Wagentür. Jakobs Vater öffnete sie und schaute die beiden mit Angst und Erstaunen an.

Sie gaben ihm den strikten Befehl auszusteigen, abzuschließen und mitzukommen. In Socken. Hatten die Beamten nicht gesehen, dass der Mann keine Schuhe anhatte?

Sie fuhren durch die kleine nächtliche Stadt bis zum Wachlokal. Es war in einem Häuschen am Eingangstor einer Kaserne untergebracht. Zwei junge Soldaten standen am Eingang und salutierten, als die drei Männer vorbeigingen.

Die karge Amtsstube war gleißend hell von einer schirmlosen Glühbirne erhellt. Die Beamten prüften genau die Papiere von Jakobs Vater. Da sah einer an ihm herunter und fragte erstaunt:

„Kein Schuh? Sehr kalt."

„Schuh im Auto", sagte der Verhörte im gleichen Kauderwelsch. Es war aber keine Ironie. Es waren ganz einfach die übergroße Müdigkeit und die erbarmungslose Kälte, die ihn nicht zum Denken kommen ließen. Einer der Beamten nahm eine große grüne Emailkanne vom Ofen und stellte sie auf den Tisch. Dann holte er drei Blechtassen aus dem Spind hinter sich und goss Kaffee ein.

„Trink!", forderte er den Deutschen auf. „Gut für warm!"

Jakobs Vater trank dankbar die Tasse leer.

Sie brachten ihn mit dem Auto zurück zu seinem Wagen und verabschiedeten sich freundlich.

Jakobs Vater zwang die Schuhe an die halb erfrorenen Füße und brachte mühsam den Motor zum Laufen.

Die Fahrt durch die Nacht wurde zur Tortur. Von vielen Stopps unterbrochen, erreichte er erst am nächsten Abend sein Haus. Vor der eigenen Tür brach er zusammen.

Seine beiden großen Söhne, Karl und Adam, hatten alle Mühe, den Ohnmächtigen auf die Liege in seinem beheizten Arbeitszimmer zu schleppen.

Jakobs Mutter eilte nach Kopfkissen und Deckbett. Sie schickte die älteste Tochter, Tilde, zu einem befreundeten Arzt, der nur zwei Häuser weiter seine Wohnung hatte.

13. KAPITEL

Lehrer Heinrich war ein eher kleiner Herr. Er stand der vierten Volksschulklasse vor, die auch Jakob besuchte. Lehrer Heinrich, im Nebenberuf begeisterter Organist an der Kathedrale, war immer sehr korrekt gekleidet. Zu seinen Anzügen trug er eine passende Weste. Er kleidete sich gewissermaßen vorkriegsmäßig. Im Krieg und in den beiden folgenden Hungerjahren war die Weste schlaff geworden. Zwanzig Pfund darunter waren gut und gerne verschwunden.

Unter diesen fehlenden Pfunden litt Heinrich und somit auch die lebhafte Klasse. Lehrer Heinrich, nahe der Pensionierungsgrenze, hatte Kollegen zu vertreten, die daheim gelangweilt auf die Entnazifizierung warteten.

Seine Klasse war 62 Buben stark. Katholische Buben. Man hatte die Konfessionsschule, eine nach Geschlechtern getrennte Schule. Das war für Lehrer Heinrich gut. Denn trotz seines weichen Herzens und seiner weithin bekannten künstlerischen Ader musste er bei schleifenden Nerven oft zu harten Erziehungsmitteln greifen. Das war nicht selten das Stöckchen. Meist schlug er die Buben, wo er sie traf. Und mit was er sie auch immer traf. Einmal war es der großformatige Diercke Weltatlas gewesen, der auf Bubenköpfe niedersauste, als sie Karten unter der Bank spielten, statt einen Aufsatz zu schreiben.

Lehrer Heinrichs Lieblingsfach war das der Katholischen Religion.

Jakob fand große Erbauung in dem Bild aus dem Kleinen Katechismus, auf dem der gegen den Vater frevelnde Absalom bei der Flucht mit seinem langen, überraschend blonden Schopf an einem dicken Ast hängenblieb und so vom Pferd gerissen wurde.

Hier wurden ausschließlich zweckmäßige und anschauliche Religionsgedanken nahe gebracht.

Das zweite Lieblingsfach des Lehrers Heinrich war das Rechnen. Es ergänzten sich Musikrausch und klare mathematische Gedankenzucht ideal. Weniger für Jakob, dem die Musik, nicht aber die Zahlen nahe waren.

Das dritte, Lehrer Heinrich kaum weniger liebe Fach war das der Heimatkunde. Er pflegte es anschaulich, meist mit den Füßen: auf Unterrichtsgängen. Diese Gänge wurden zu ausgedehnten Wanderungen. Sie begannen mit dem Unterricht, morgens um 8 Uhr, und endeten nicht selten später als um 4 Uhr am Nachmittag. Denn nachmittags hatten die Volksschüler damals auch Schule.

Zur jener Zeit, im November 1947, lehrte Lehrer Heinrich das System der Bäche und Flüsse. Heute wollten sie zum Altrhein hinausgehen, der sich zwischen der Stadt und Berghausen seicht und im großen Bogen vor den Hauptstrom gelagert hatte. Umgeben von einem auwalddichten Baum- und Strauchgürtel. Der Tag war überraschend klar und fast sonnig. Nur ein paar feine Wolkenfäden hingen vor dem blassen Blau des Himmels.

Dieser Herbst war mild. Er schloss sich einem langen, langen Sommer an, der heiß war wie keiner zuvor, regenlos und schier endlos. Die Ernte war ausgefallen. Und die hungernde Besatzungsmacht hatte nichts, womit sie ihren besetzten Verlierern beistehen konnte. Der Hunger war groß.

An diesem Morgen wanderte der lange Klassenwurm hinter Heinrich durch die Schützenstraße. Jeder Bub wusste, dass der Lehrer hier wohnte und schon lange erwartungsvoll zu einem schmalen, schmiedeeisernen Balkon hinaufsah.

Kaum waren die Buben an das aus gelben Backsteinen gefügte Haus gekommen, als die Frau des Lehrers auf das Balkönchen trat und freundlich lächelnd ihren Mann grüßte. Als hätte er sich nicht gerade vorhin von ihr verabschiedet.

Frau Heinrich trug ein bodenlanges Nachthemd und darüber einen zerschlissenen langen Morgenmantel. Das Gefühl für

Schick und Schicklichkeit war ihr in den langen Ehejahren abhanden gekommen.

Jeder Schüler der großen Klasse wusste, wo es heute hingehen sollte. Seit Tagen war in den engen Gassen der Altstadt von nichts anderem die Rede als vom Verschwinden der Marie. Die Beobachtungen der Wirtsleute und von Maries Freundinnen ließen nur den Schluss zu, dass Bella Marie ermordet worden war.

Über den möglichen Täter war man sich uneins. Wer Melchior gut kannte, wusste, dass er zwar ein Fresser, Säufer und Hurenbock war, wie sein eigener Vater drastisch sagte. Aber alle wussten auch, dass er Marie, trotz des ehewidrigen Verhaltens beider, nach wie vor liebte.

Die Bevölkerung glaubte eher, dass einer ihrer marokkanischen Freunde sie auf dem Gewissen hatte. Man traute den „Schwarzen" einfach alles zu.

Bekannt war auch, dass die Polizei nach Maries spurlosem Verschwinden das Gebiet des Auwaldes und seiner seichten Tümpel als Versteck der Leiche ansah. Einmal war Melchior mit seinem Karren dahin gefahren. Und dann lag die Kaserne der Marokkaner am äußersten Rande der Stadt, dem Altrhein nahe. Nur wenige Feldstreifen trennten die modrigen Wasser von der äußeren Bebauung.

Die Buben hofften auf einen spannenden Vormittag. Ob ihr braver und frommer Lehrer etwas von diesen Abgründen ahnte?

Der Weg führte die Klasse aus der Stadt hinaus. Die Buben und ihr Lehrer wanderten eben noch über das dichte Laub gelbbrauner Platanenblätter, das sich in einer kurzen Allee unter den hohen Kronen der alten Bäume gebildet hatte. Sie bogen am kleinen Bauernhof eines Krankenhauses der Diakonissen ab und stießen auf die Kaserne der französischen Pioniere.

Schon am Morgen standen einige Mädchen und junge Frauen am Holzzaun, der das Kasernengelände streng von der zivilen deutschen Welt abgrenzte. Einige junge Franzosen weißer Hautfarbe und braune Marokkaner saßen auf den Fensterbrettern der Kantine und riefen verhaltene Aufforderungen zu den weiblichen Zaungästen hinüber. Die kicherten oder schrieen einige aufgefangene französische Brocken zurück.

Lehrer Heinrich ließ die Buben schneller laufen, um sie vor drohendem moralischem Unheil zu schützen. Die Schüler gingen mürrisch etwas schneller. Aber ungern. Sie beobachteten mit geschärfter Neugier das Hin und Her der Worte und Blicke. Fast jeder von ihnen wusste sie zu deuten.

Auch Jakob wusste, dass zwischen diesem Zaungeplänkel und der Geschichte um Bella Marie ein enger Zusammenhang bestand.

Die Klasse war über die alte, nach der Sprengung der Brücke unnötige Schienenspur hinüber ins herbstlich braune Feld geraten und strebte nun schnellen Schrittes dem Hochwasserdamm und damit dem Altrhein zu. Der Hochwasserdamm stand wie ein grüner Balken vor dem dunklen Geäst der Pappeln und Eichen. Es waren nur wenige Hundert Meter bis dorthin.

Sie gingen am Kleeacker vorbei, durch den Melchior gegangen sein sollte. Jakob erkannte eine schmale Karrenspur und wusste nicht, was sie bedeutete.

Im Blick auf den Damm sah die Klasse plötzlich, wie ein steifer, schwarzer Wagen auf ihn zuschaukelte. Das Gefährt wurde von einem braunen, mageren Gäulchen gezogen. Der Wagen war wie ein schwarzer hoher Kasten. An seinen Seiten hingen schwarze Vorhänge herunter, von silbernen Biesen gesäumt. Silberne Troddeln schaukelten im steten Auf und Ab. Als sie näher kamen, sahen sie, dass innen, in der düsteren Pracht, einige Zinnwannen standen.

Lehrer Heinrich war starr vor Verwirrung und sah mit seinen Buben dennoch höchst neugierig auf diesen Charon-Karren hin. Sie standen in gebührlicher Entfernung. Lehrer Heinrich, klein und korrekt in der Haltung, hatte noch keinen schulamtlichen, pädagogisch nützlichen Kommentar abgeben können.

Da knatterte und brummelte es hinter ihnen. Zwei Polizeibeamte fuhren auf einem Motorrad mit stattlichem Tank und hoch aufgebogenem Lenker auf den Leichenwagen zu. Es war eine schwere NSU-Vorkriegsmaschine.

Dies war schon eine eigenartige Situation.

Unten, am Dammfuß, standen die Buben von Lehrer Heinrichs vierter Klasse. Sie guckten immer wieder zum Leichenwagen mit seinen Zinnwannen. Sie steckten die Köpfe zusammen und wisperten sich schreckliche Erkenntnisse zu.

Marie habe sich erhängt, meinte einer. Sie solle nun von den Polizeibeamten vom Ast des Baumes, an dem sie hing, abgeschnitten werden.

Wozu seien dann die Zinnwannen da, fragte ein anderer von Jakobs Kameraden. Für eine Leiche brauche man doch nicht vier Wannen. Und wieso überhaupt Wannen?

„Du, Jakob, frag doch mal den Leichenwagen-Kutscher Schulz, warum er Wannen mitgenommen hat. Du kennst ihn doch am besten. Er wohnt ja gerade bei euch und bei Melchiors um die Ecke.“

Jakob wollte gern zu Schulz und seinem Leichenwagen. Aber er traute sich nicht an Lehrer Heinrich und den Polizeibeamten vorbei. Die standen seelenruhig am Motorrad und erzählten sich was.

Jakob fasste sich ein Herz und ging behutsam und dennoch betont arglos an die Schwätzenden heran. Er schaute scheinheilig in die Gegenrichtung, als interessiere er sich für ein Krähennest, das in einer entlaubten Pappel hing.

„Ist denn der Fund sicher?“, hörte er Lehrer Heinrich die Polizeibeamten fragen.

Beide nickten wichtig. „Ja, ja, auf jeden Fall. Wenn auch noch das eine oder andere fehlt ...“

Sie warteten nur noch auf den Amtsarzt, den Dr. Georg Lohmaier. Der müsse aber jeden Moment kommen.

Jakob wusste, dass ein weiteres Lauschen sinnlos sei und er ohnehin nichts Neues mehr erfahren würde. So ging er wieder zu seinen Kameraden. Dort sagte er wichtig:

„Sie haben sie, die Marie. Ganz bestimmt. Was anderes kann's gar nicht sein. Ich versteh' nur nicht, warum sie Wannen mitgenommen haben. Und bald kommt der Amtsarzt. Der Lohmaier. Den kennt mein Vater gut. Da werd' ich bestimmt was rausfinden."

*

Ein Tag nach dem Schulausflug. Die Vernehmung des Beschuldigten geht an diesem 21. November 1947 weiter.

Edwin Melchior zur Sache, wie es in der Polizeisprache heißt:

Ich trage an dem Verlust meiner Frau schon schwer genug. Ich kann nichts eingestehen, wenn ich die Tat nicht begangen habe. Ich bin unschuldig.

Auf Vorhalt, dass er doch von einem Zeugen mit dem Handwagen, auf dem sich ein Paket befand, in unmittelbarer Nähe des Fundortes einzelner Leichenstücke gesehen worden sei und mit ihm Worte gewechselt habe:

Ich kenne diesen Mann insofern, dass ich ihn schon öfter gesehen habe. Persönlich kenne ich den Mann nicht. Dieser Zeuge kann sich geirrt haben.

Am gleichen Nachmittag wird den vernehmenden Beamten der Untersuchungshäftling Alois Lindenschmitt, 34 Jahre alt, verheiratet, vorgeführt. Er sitzt für die französische Militärregierung in Haft. Alois Lindenschmitt sagt aus:

Ich liege mit dem beschuldigten Melchior in der gleichen Zelle. Gestern Abend sagte ich zu Melchior: „Mensch, wie kannst du so etwas machen und wie hast du es gemacht?"

Melchior erwiderte: „So hab' ich sie gehabt ... hätte ..."

Darauf sagte ich: „Du kannst sie doch nicht durch die Stadt tragen ...“

Darauf sagte Melchior, er habe sie in ein Wägelchen getan und Dreck darauf.

Ich antwortete Melchior: „Du kannst sie doch so nicht in das Wägelchen getan haben. Sie hätte doch rausgeguckt.“

Der Beschuldigte sagte: „Loss mir mei’ Ruh. Ich kann nichts mehr davon hören. Morgen sag ich, wie es war.“

Im Laufe des heutigen Tages machte ich dem Melchior nochmals Vorhalt.

Zuerst sagte er, es sei dumm, dass ihn die drei gesehen hätten, und einer würde ihn wohl erkennen. Auf meinen eindringlichen Vorhalt, er solle es doch eingestehen und sagen, wie es gewesen ist, sagte Melchior, er gebe zu, dass er sie hinausgefahren habe, aber die Tat könne ein anderer ausgeführt haben, wo er schweigen müsse.

Im Laufe des Tages versuchte mir Melchior einzureden, dass einer von den Arabern die Tat habe begehen können, da sie in der Handhabung von Stiletten gewandt seien. Darauf erzählte er, dass seine Frau nebenaus gegangen sei und Verhältnisse gehabt habe mit Dutzenden von Männern und Franzosen.

Noch am gleichen Tag wurden der Zeuge und der Beschuldigte einander gegenübergestellt. Letzterem wurde die Aussage des Zeugen vorgehalten.

Melchior erklärte:

Das ist alles Bluff. Ich habe lediglich zu dem Zeugen gesagt: „Angenommen, wenn ich dahin gefahren wäre, würde ich ohne weiteres alles zugeben.“

Der Zeuge kann sich nicht richtig ausdrücken. Er ist zu ungeschickt dazu. Wir haben uns nur darüber unterhalten, was passieren könne und was nicht passieren könne, wenn ich es gemacht hätte. Niemals habe ich gesagt, dass ich meine Frau im Handwagen fortgefahren habe.

Dazu erklärt der Zeuge auf Befragen:

Ich habe acht Klassen Volksschule durchgemacht und bin nicht sitzengeblieben. Ich bin Schreinermeister. Die Unterhaltung zwischen mir und Melchior hat sich so zugetragen, wie ich sie geschildert habe. Ich bin vollkommen neutral in dieser Sache. Ich kenne ihn so wenig wie die Frau.

14. KAPITEL

Der Friedhof lag weit vor der Stadt. An einer zurzeit weniger lebhaft befahrenen Landstraße nach Norden hin. Diesen Weg hatten wenige Jahre vor dieser Geschichte, im März 1945, auch die amerikanischen Soldaten gewählt, als sie die Stadt und mit ihr den Rhein überwinden wollten.

Noch hinter dem Friedhof, in einem Kiefernwäldchen, lag eine kleine Barackensiedlung. In den heruntergekommenen Wehrmachtsbuden hausten einige Familien, die man in der Stadt nicht gerne sah und die sowieso keine Miete zahlen konnten.

In eine dieser Holzbaracken waren zahlreiche amerikanische Soldaten gewandert und hatten um ein Mädchen angestanden, das, wie sie sagten, es für Zigaretten oder Schokolade machte. Pro Besuch eine Einheit: eine Schachtel Zigaretten oder eine Tafel Schokolade. Da die jungen Burschen oft quer durch das Gärtchen bis auf die geschotterte Straße standen, lebte die Familie der jungen Dame nicht schlecht vom Verkehr ihrer Tochter. Jedenfalls bedeutend besser als an irgendeiner Stelle in Polen oder Deutschland auf der Flucht. Das Mädchen war übrigens eine Freundin von Bella Marie.

*

Die Leichenhalle des Friedhofs stand quer zum breiten Hauptweg. Dieser war vom Eingang bis zum Ende nur getrennt durch ein hohes Sandsteinkreuz. Das Kreuz war der Mittelpunkt des Friedhofs. Für Katholiken und Protestanten. Die Juden hatte man durch einen hohen lebenden Zaun vom christlichen Areal abgetrennt.

Betrat man die Leichenhalle, dann lagen rechts die schlichten Aufbahrungsräume und dahinter der separate Raum für Leichenöffnungen, wie es hieß. Hierher kamen alle Toten, von denen man nicht wusste, warum sie tot waren.

Bei Marie Melchior war das anders.

Daheim lief Jakobs Vater immer noch im fadenscheinig dünnen Morgenmantel herum. Wenn er nicht auf der grünen Couch in seinem Arbeitszimmer lag. Die Lungenentzündung war nicht ganz überwunden.

Am Abend zuvor hatte ihn sein Freund, der oberbayerisch redende Amtsarzt Dr. Georg Lohmaier, besucht. Unterm Arm hielt der dicke Mann wie immer eine dünne Ledermappe.

Er hörte seinen Freund gründlich ab, wobei er mehr schnaufte als der Genesende. Dann sagte er bedächtig:

„Jo, Adam, des bin i von dirr garnet gewehnt. Vierzehn Dag moachschst jetzerd schon rum. 's werd Zeit, dass d' widder aufft Füass kimmst ...“

Dann stieß er mit seinem großen Fuß die angelehnte Tür ganz zu, nahm die Mappe und aus ihr einige Blätter.

„Nimm un liess. Ower heimlich.“

Es war der amtliche Bericht der Obduktion von Maries Leiche. Jakobs Vater hielt in seinen großen Händen die Blätter, die eng mit einer blassen Schreibmaschinenschrift beschrieben waren. Die Papiere enthielten das vorläufige Gutachten der Sektion, außerdem einen detaillierten Bericht der Fundteile. Das waren 102 Punkte.

Es stand da unter anderem zu lesen:

Die Sektion ergab:

1. Weitgehend zerstückelte Leiche.

2. Es handelt sich um eine weibliche Leiche.

3. Kopf und Arme sind vom Rumpf getrennt.

4. Die Wirbelsäule ist in Höhe des 3. Lendenwirbelkörpers durchtrennt.

5. Die Unterschenkel sind an den Kniegelenken losgetrennt.
6. Ausgedehnte Verletzungen des Brustkorbs.
7. Herz, Lunge, Speiseröhre und Kehlkopf mit Luftröhre fehlen.
8. Die linke Schädelseite ist weitgehend zertrümmert.
9. Es finden sich nur ganz genau umschriebene Verletzungen während des Lebens.
10. Sonstige Blutungen größerer Art oder Knochenbrüche finden sich nicht.
11. Für Syphilis finden sich an den Resten der inneren Organe keine Anhaltspunkte.

Auf Befragen:
1. Es fällt auf, dass die Leiche relativ kunstgerecht zerlegt ist (Ablösung der Arme und Unterschenkel).
2. Es ist wohl mit Wahrscheinlichkeit anzunehmen, dass die Zerstückelung nach dem Tode erfolgt ist.
3. Ob die ausgedehnte Schädelzertrümmerung vor oder nach dem Tode gesetzt wurde, ist nicht mit Sicherheit zu entscheiden, da die Kopfschwarte fehlt und eine Blutung in der Schädelhöhle jetzt nicht mehr nachzuweisen war.
4. Ob die Gewebetrennung an der linken Brustkorbseite als Stichverletzung aufzufassen ist und ob die damit evtl. gesetzte Verletzung des Herzens als Todesursache aufzufassen ist, ist aufgrund des Sektionsergebnisses nicht zu entscheiden, da Herz und Lunge fehlen.
5. Außerdem fällt auf, dass jeweils die Haut entfernt ist, wo größere Defektbildungen im darunterliegenden Gewebe vorliegen.

Jakobs Vater war über diese Beschreibung und noch mehr über den gewaltsamen Tod der Bella Marie erschüttert. Das hinderte ihn dennoch nicht daran, den detaillierten Sektionsbericht mit gründlichster Beschreibung der Fundteile zu studieren. Besonders auffällig, wenngleich in der Sache auch völlig unerheblich, schien ihm folgende Schilderung unter Punkt Nummer 82:

Der Magen enthält reichlich unverdaute Speiseteilchen in Form von Bohnen und Kartoffelstückchen ... Die Dünn- und Dickdarmschlingen enthalten ebenfalls Speisereste ...

15. KAPITEL

Die Nachricht von Maries Tod und die Tatsache, wie sie aufgefunden wurde, erschütterte die Menschen.

Die beliebten sonntäglichen Spaziergänge zum Berghausener Altrhein bekamen einen neuen Hintergrund.

Viele fürchteten diesen düsteren Ort. Der kleine Kiesweiher hinter dem Deich war von dichtem, hohem Gebüsch umstanden. Nur selten war der Blick frei auf die schwarze Wasserfläche. Viele pilgerten nun aber erst recht hinaus über die Felder. Die Sensationsgier lockte sie wie Fliegen ans Aas.

Die Spekulationen und Mutmaßungen über den Tod, der ja offensichtlich ein grausamer Mord war, überschlugen sich.

Die Älteren erinnerten sich an den Serienmörder Fritz Haarmann, der in den zwanziger Jahren seine Opfer ähnlich brutal zugerichtet hatte. Ganz schnell wurde die bittere Strophe „Warte, warte nur ein Weilchen, bald kommt auch das Glück zu dir ...“ in Umdeutung des Liedes neu getextet, und zwar so:

Warte, warte nur ein Weilchen,
bald kommt der Melchior zu dir.
Mit dem Hacke-Hackebeilchen und
macht Hackfleisch auch aus dir ...

Das Lied wurde nun ebenso laut und inbrünstig, auch von der Schuljugend, gesungen wie das von der „Bella, bella, bella, bella Marie ...“

Es schien kein Zweifel mehr zu bestehen, dass Melchior seine Frau umgebracht hatte. Und dennoch!

Da entwickelte sich das Gerücht um Hasan, den Geliebten der Marie.

16. KAPITEL

Der Fund der Leiche Maries, die Autopsie auf dem blanken Zinkblech im Nebengebäude der städtischen Friedhofshalle, die Antworten auf die Frage, wie Marie vom Leben zum Tode kam, das alles schien der Polizei die Arbeit nun endlich zu erleichtern.

Vieles sprach dafür, dass Melchior der Täter war. Die Leiche der jungen Frau war regelrecht zerlegt in den Sümpfen der kleinen Weiher im Auwald gefunden worden. Die Schnitte wiesen auf fachmännisches Vorgehen hin, eine sichere, geübte Hand und auf ausgezeichnete Messer.

Melchior und Marie waren ein Ehepaar. Aber zwischen ihnen standen so viele Hindernisse und Widersprüche; Streit, Schläge und vielfacher Ehebruch auf beiden Seiten - aber auch eine blinde, animalische Anziehungskraft, die selbst die größten Probleme zu überbrücken schien.

Die angeblich letzte Begegnung zwischen Melchior und Bella Marie zeigte dies. Selbst wenn die Darstellung nicht stimmte, so sprach doch alles dafür, dass Melchior die Marie auf seine Art beglückt hatte. Stehend und am offenen Türrahmen.

Vor der endgültigen Festnahme des Melchior im Sommergässchen stand auf einmal ein seit Tagen von den Franzosen sorgsam gehütetes Geheimnis.

Die deutsche Polizei war der Sache nur auf die Spur gekommen, weil Frauen aus dem Kreis der Marokkaner, zu dem auch Hasan, Maries Freund, gehörte, Hasan auf einmal verschwunden glaubten. Bald nach Maries Tod.

Jean-Claude Egerli, ein elsässischer Feldgendarm, hatte keine Scheu, seine Feinde zu lieben. Sie sprachen fast denselben Dialekt wie er, wenn er privat war. Er akzeptierte sie. Wenigstens, wenn es um ein gutes Glas Bier ging oder ein Bündel Tabak.

In einer privaten Runde gestand zur späten Stunde und unter dem Druck mehrerer versprochener Tabakbündel der Jean-Claude, dass Hasan tatsächlich verschwunden war. Und zwar vermutlich am Tag von Maries Tod.

Wenn die deutschen Kollegen das bei den Franzosen nachprüfen wollten, sollten sie sich nur auf ein unter den Huren umgehendes Gerücht berufen. Nur nicht auf ihn ...

So die Rede Jean-Claude Egerlis.

17. KAPITEL

Die Kunst, Fahrrad zu fahren, beherrschte Jakob mit seinen neun Lebensjahren noch nicht.

Räder waren wenige Jahre nach Kriegsende Mangelware. Während des Kriegs waren viele Räder als Militärfahrzeuge eingezogen worden. Für behände Funker, Späher, Aufklärer - und was es sonst an mobilen Notwendigkeiten gegeben haben mochte.

Jetzt, nachdem er mit seinem Opel P4 selbst wieder mobil geworden war, gab Jakobs Vater sein altes Herrenfahrrad zur Familiennutzung frei.

Der Vater war 189 Zentimeter groß. Und danach war die Rahmenhöhe des Rades bemessen. Also hoch, hoch, hoch. Unbesteigbar für kurze Bubenbeine.

Katharina, genannt Katche, die längste und hellste von den drei Kleinen, wusste aber plötzlich, wie's ging. Also, gerade heute, musste Jakob Fahrradfahren lernen. Heute, das war ein trüber Mittwoch Ende November 1947. Und heute sollte Jakob zur Kinderlandverschickung in die Schweiz fahren. Der Zug ging um 19.48 Uhr am Bahnhof ab.

Ob man in *Orselina ob Locarno*, wie es auf der Adressenangabe stand, Fahrradfahren konnte? Jakob hatte Zweifel. Im Konversationslexikon stand, dass Locarno am Langensee lag, der dort Lago Maggiore hieß. Dass dort 94 Prozent aller Bewohner Italienisch sprachen. Dass Locarno von hohen Bergen umstanden war. Dass Orselina *ob* Locarno lag, also oben, wie Jakobs Mutter vermutete.

Trotzdem machten sich die drei Kleinen, Katche, das Bärbelchen und Jakob, auf den mühsamen Weg, Fahrradfahren zu lernen.

Die Mädchen stellten den altersgrauen Bock an die Fabrikmauer, dem Elternhaus gegenüber. Jakob kletterte auf den Splitterschutzvorbau, der über einem großen Kellerfenster errichtet worden war. Von da aus gelangte er mühelos aufs Rad. Er saß auf dem Rahmen, denn der Sattel war viel zu hoch. Die Füße reichten knapp bis zu den Pedalen. Es war für ihn gewissermaßen ein Sitzen im Stehen.

Dann ging's los. Die Mädchen schoben das Rad mitsamt dem Jakob an. Der trat kräftig in die Pedale, sich wie ein Fakir links und rechts den Tritten zuwendend. Mit starren Händen hielt er den hohen Eisenlenker. Die Mädchen liefen, was das Zeug hielt. Katche hatte lange Beine.

Vor den Gefahren des Straßenverkehrs brauchten sich die Kinder nicht zu fürchten. Es gab keinen. Noch dazu auf der Brückenauffahrt, der sie zusteuerten. Denn diese Straße endete im Nichts. Über dem Strom. Die Rheinbrücke war in den letzten Kriegstagen gesprengt worden.

Jakob gewann zunehmend an Fahrsicherheit. Die Mädchen verloren zusehends an Atem. Kurz vor dem Ende der Brückenrampe wackelte Jakob in eine krumme Kehre. Und, siehe da, bergab fuhr das Fahrrad ganz von allein. Der Jakob musste nur den Lenker starr halten und geradeaus fahren.

So kam es, dass Jakob noch an diesem Tag das Fahrradfahren lernte.

Noch dazu an diesem bedeutungsvollen Tag. Denn er sollte zum ersten Mal für längere Zeit von zu Hause weg. Für mindestens ein Jahr. Mit anderen Buben und Mädchen in die Schweiz. Und das gerade über Weihnachten.

18. KAPITEL

Jakob und zwanzig weitere Jungen und Mädchen saßen im Zug via Locarno. Sie waren zwischen neun und vierzehn Jahre alt, alle verdächtig dünn. Die meisten hatten einen Schatten auf der Lunge, wie es damals hieß. Alle hatten sie eine lange Reihe von Röntgenuntersuchungen im Gesundheitsamt mitmachen müssen. Vor dem Bildschirm im abgedunkelten Raum hatte immer der oberbayerische Doktor gesessen. Der Freund von Jakobs Vater.

In der Zeit der Untersuchungen, die zu seinen Routine-Amtsgeschäften gehörten, hatte Dr. Lohmaier auch die Obduktion von Maries Leiche vornehmen müssen. Das war eine Arbeit gewesen, die Lohmaier nur mit beachtlicher Selbstverleugnung und einem gehörigen Maß an Alkohol überstand. Der Wein war für den Arzt praktisch zum Lebensmittel, zum Überlebensmittel, geworden. Die Kinder ahnten davon, wenn er sie direkt ansprach und ihnen ein Fähnlein entgegenwehte. Aber keinem war das fremd. Sie wuchsen im Wein- und Tabaksland auf. Und keiner, schon gar nicht 1947, wäre auf den Gedanken gekommen, so kostbare Gaben der Natur für schädlich zu halten.

Vorhin, auf dem novemberdüsteren Bahnsteig, war Jakob von Ottl und Trudl, einem jungen Ehepaar aus seines Vaters weitläufiger Familie, verabschiedet worden. Er hatte sie in den letzten Wochen oft in ihrer winzigen Wohnung, hoch unterm Dach, besuchen dürfen, und es war, als hätten sie ihn an Kindes statt angenommen. Zum Abschied hatte das junge Paar einen selbst gebackenen Lebkuchen mitgebracht. Er hatte eine schöne Herzform, war in Silberpapier eingewickelt. Und er war steinhart.

Die Kinder saßen in einem Doppelabteil der Holzklasse, einem Modell der ersten Eisenbahnjahrzehnte. Es gab zwar eine Heizung, sie lieferte allerdings nur spärliche Wärme. Die beiden Zugbegleiterinnen, Frauen des Roten Kreuzes, gaben den Kindern Wolldecken, in die sie sich einhüllen sollten.

Es war finstere Nacht geworden. Jakob lehnte am Fenster und sah im schwachen Licht der Deckenlampe die kleinen Gestalten der mitreisenden Kinder, durch die Decken seltsam verformt. Manche von ihnen waren schon eingeschlafen und wiegten auf den Holzbänken im Takt der Schienen.

Jakob sah auf das rissige Holz des Fensterrahmens. *Nicht hinauslehnen!*, stand da auf einem kleinen weißen Emailleschild.

Sie fuhren wie durch einen schwarzen Schacht; jetzt noch schwärzer, da das Licht gelöscht war.

Der Junge starrte mit weit aufgerissenen Augen auf die dunkle Scheibe. Er hatte Mühe, seine Angst vor dieser Nachtschwärze niederzukämpfen. Es war jene blinde Angst, die ihn in den letzten Kriegstagen in dem kleinen Bergdorf nahe der französischen Grenze befallen hatte.

Er und seine beiden älteren Brüder, der Karl und der Adam, waren aus ihrem Giebelzimmer von der Wehrmacht in den Keller vertrieben worden. Es war ein runder Gewölbekeller, in den man über eine steile, tiefe Treppe gelangte. Die Betten standen auf dem harten Lehmboden. Die der Brüder nebeneinander, seines an der gegenüberliegenden Wand auf der anderen Seite, nahe der Treppe.

Am Nachmittag war über den bewaldeten Bergen ein englischer Flieger abgeschossen worden. Karl und Adam waren ständig in diesen Wäldern unterwegs, weil am Rande der menschenleeren Roten Zone immer wieder Kriegsbeute abfiel. Und diesmal waren sie als Erste am brennenden Flugzeug. Sie waren überrascht, wie klein dieses bedrohliche Gefährt da lag, in tausend Fetzen zerbrochen. Der junge Pilot hing tot in der Kanzel. Den Brüdern war es gerade noch gelungen, ein paar Plexiglasscherben aufzusammeln, als schon deutsche Wehrmachtsoldaten den steilen

Hohlweg mit ihrem Kübelwagen heraufgepoltert kamen.

Karl und Adam erzählten in der Nacht noch einmal von diesem Abenteuer. Und Jakob lag, von Schrecken und Faszination gefangen, in seinem schmalen Kinderbett, in das er gerade noch hineinpasste.

In der Mitte des kleinen Kellers glühte blakend der letzte Rest des Plexiglases. Es war das einzig mögliche Licht in diesem Kellerraum. Und als die letzten Glutrestchen mit einer schwefeligen Fahne verglommen waren, da war die Dunkelheit mit ihrer schrecklichen Tiefe über Jakob hergefallen.

Er lag starr in seinem Bett. Wohin er auch sah, er sah nur ins schwarze Nichts. Eine Urangst, blind zu sein, nie mehr sehen zu können, immer in dieses unermesslich tiefe schwarze Loch gestoßen zu sein, packte ihn.

Er schrie. Die Brüder schraken aus dem Schlaf auf und tasteten sich zu ihm. Als sie merkten, woher seine Angst kam, holten sie die Mutter, die ihn tröstete und ihm einen kleinen Kerzenstumpf und einige Streichhölzer daließ.

„Die brauchst du nur anzuzünden, wenn die Angst wieder kommt“, sagte sie zart und ließ den getrösteten Jakob im Keller zurück.

Sie hatten nur noch zwei Nächte im Keller aushalten müssen, die drei Buben, dann durften sie wieder in ihr Giebelzimmer zurück. Die deutschen Soldaten waren vor dem heranrückenden Feind abgezogen.

Aber Jakobs Angst blieb. Wenn auch nicht immer, so doch immer dann, wenn es Nacht war und er kein Licht anzünden konnte.

Diesmal, im Zug, erlöste ihn der Schlaf.

*

BASEL - Badischer Bahnhof, stand auf dem großen Schild, das unter einem breiten Vordach im Morgengrauen auftauchte.

Basel empfing das unausgeschlafene Trüppchen blankgescheuert und mit erstaunlich bunten Schaufensteraugen. Einige große amerikanische Autos überholten die Kinder fast lautlos. Die alte Stadt war auch im November nicht trist und grau. Sie strahlte am nüchternen Morgen eine gemütliche Behaglichkeit aus.

Dies empfanden die Kinder vor allem dann, als sie, im Vorraum zu einer großen und altmodischen Sporthalle, heißen Kakao und dicke, weiche Milchbrötchen von den Helferinnen des Schweizer Roten Kreuzes erhielten. Sie wähnten sich im Paradies. Bald wussten sie, dass dieses irdische Paradies nur durch ein peinliches Fegefeuer zu erreichen war.

Inmitten einer Turnhalle saß an einem kleinen Schreibtisch eine junge Ärztin im weißen Kittel. Sie bat die Kinder höflich, aber bestimmt, sich in den Kabinen an der Wand auszuziehen und zur Untersuchung zu ihr hinzutreten.

Das Schlänglein kleiner, nackter Gestalten, alle klapperdürr, bewegte sich in mäßigem Tempo auf die Ärztin zu. Die Kinder wussten nicht, wo sie ihre Blicke lassen sollten. Aber die junge Frau machte ihre Arbeit gründlich und ohne Hast. Erst als sie alle unter den Duschen im Nebenraum gestanden und von einem Badewärter große Handtücher und reinlich-frische Wäsche erhalten hatten, da waren sie für die saubere Schweiz gerüstet.

Frei vermutlich von ansteckenden deutschen Krankheiten und auf jeden Fall frei von Läusen und Flöhen.

*

Zu Hause feierten Jakobs Geschwister Advent - im Keller.

Advent zwischen hohen Fichtenholzregalen, voll beladen mit wächsernen Madonnen, Hirten und Heiligen. Aber auch voll von Äpfeln, die der Vater vom Bodensee geholt hatte. Sie erfüllten mit ihrem Duft das ganze Haus.

19. KAPITEL

Inzwischen war es Dezember geworden. Der 2. Dezember 1947. Während Jakob und seine Freunde sich in Orselina ob Locarno über eine südliche Sonne freuten, über die blauen Trauben der Glyzinien an der Hauswand, über mächtige Palmen im steil abfallenden Garten und einen überirdisch schönen Blick auf den tief unten liegenden Lago Maggiore, da sah es daheim eher düster aus. Jakobs Eltern und Geschwister dachten schon an Weihnachten. Mehr als gute Gedanken hatten sie nicht. Die Läden waren leer. Für Geld, für Reichsmark, konnte man nichts kaufen.

An diesem 2. Dezember erschienen auf der anderen Seite der Stadtmauer, im Hinterhof des Sommergässchens, zwei Polizeibeamte, um Melchior erneut festzunehmen. Die Männer wiesen ihn darauf hin, dass er im Verdacht stehe, seine Ehefrau getötet und beseitigt zu haben. Ihre Leichenteile habe man inzwischen in einem Altrheintümpel gefunden.

Melchior blieb erstaunlich ruhig. Er sagte, er wolle mitgehen, obwohl er sich keiner Schuld bewusst sei. Leicht hinkend ging er in das Nebenzimmer, das an die schmale Küche angrenzte. Er holte seinen Mantel.

Melchior wurde ins Untersuchungsgefängnis gebracht. Die Zelle musste er mit einem Gärtner aus einem jener Dörfer teilen, in denen Melchior häufig als Kastrierer unterwegs war.

Da in fast jedem Anwesen Schweine, Ziegen oder Rinder gehalten wurden, hatte man die Dienste des Viehoperateurs, wie sich Melchior auch nannte, nötig. Es wäre niemandem eingefallen, ein unkastriertes Böckchen, einen Eber oder gar einen Stier großzuziehen, die man für die Schlachtung vorgesehen hatte.

So war es nicht erstaunlich, dass sich die beiden Strafgefangenen wenigstens vom Sehen her kannten.

Früh hatte der Gärtner, scheinbar unbefangen, das Gespräch auf den Mord gebracht. Melchior leugnete die Tat und wies auf Hasan, den verschwundenen Freund von Marie, hin. Der Gärtner ließ nicht locker und erzählte Melchior immer wieder erstaunlich genau, wo man die Leichenteile gefunden hatte und in welchem Zustand sie gewesen waren.

Melchior, sonst gewieft und bauernschlau, merkte nicht, dass ihn ein Polizeispitzel aushorchte. Der gab sein Wissen umgehend an den Untersuchungsrichter weiter.

Als der Gärtner wieder einmal auf die merkwürdigen Funde zu sprechen kam und darauf, was man alles entdeckt hatte, fragte Melchior, ob man den Kopf auch gefunden habe. Nachdem der Gärtner dies bejahte, sagte Melchior in sichtlicher Erregung:

„Sind auch noch die Haare dran?“

Diese Frage, das wusste der Gärtner sofort, brachte die Wende im „Fall Bella Marie“ - so genannt von den Leuten auf der Straße. Es war im Grunde das Geständnis, auf das man seit so vielen Wochen gewartet hatte.

*

Einige Tage später. Der Untersuchungsrichter vernimmt Melchior. Dieser merkt, dass ihm hier die gleichen Fragen gestellt werden wie beim Polizeiverhör. Erstaunt und fast unwillig fragt er, warum er alles und alles wiederholen müsse, was er schon einmal gesagt habe.

„Die Wahrheitsfindung ist ein langer Weg und sie braucht Zeit. Erst die Polizei, dann ich, dann das Gericht. Nur so kann ein gerechtes Urteil gefunden und gesprochen werden.“

„Ich war‘s ja. Ich gebe zu, dass ich am Samstag, den 25. Oktober 1947, in meiner Wohnung im Sommergässchen meine Frau getötet habe. Ihre Leiche hab’ ich in ein Wasserloch am Altrhein bei Berghausen getan.“

„Na also. So geht's doch auch. Welchen Grund hatten Sie, Ihre Frau zu töten?", fragt der Richter fast milde. Er war nahe der Pensionsgrenze und nicht glücklich, vor seinem beruflichen Ende noch diesen schwierigen Fall übernehmen zu müssen.

„Es war Eifersucht, Herr Richter, und Wut. Sie hat mich ständig betrogen. Zuletzt mit französischen Soldaten und mit Marokkanern. Und dann hat sie mich am Tag der Tat zur Weißglut gereizt. Ich hatte zuvor nach der Arbeit in Geinsheim ein Paar Schoppen Wein getrunken und war ganz zufrieden abends heimgekommen. Da stand die Marie in der Tür. Sie war diesmal allein und wollte Brot."

Der Richter fragt erstaunt: „Ja, wohnte Ihre Frau nicht bei Ihnen?"

„Nein, in den letzten Monaten nicht mehr. Sie hatte einen festen Freund, den Hasan, aus der französischen Militärbäckerei. Gewohnt hat sie bei ihrer Freundin, der Susanne in der Stülergasse. Nur wenn sie etwas brauchte, wenn sie Hunger hatte, kam sie zu mir. Meist bezahlte sie mich damit, dass sie sich mir anbot und ich ..."

Bevor Melchior auf die Tat selbst zu sprechen kam, wollte der Richter wissen, wie er die Marie kennengelernt und geheiratet hatte. Schließlich betrug der Altersunterschied 15 Jahre. Auch äußerlich waren die beiden ein sehr ungleiches Paar. Melchior hinkte nach einer Kriegsverletzung schwer. Für längere Wege musste er einen Stock nehmen. Das machte ihn noch älter. Er war relativ klein und gedrungen. Marie war etwas größer gewesen als er und schlank, fast zierlich.

„Wann haben Sie die Marie Schranne kennengelernt und wo?"

„Ich habe Marie Schranne am 8. September 1945 geheiratet. Ich habe sie hier, in der Gastwirtschaft ‚Zum Bräustübl' am Guidoplatz, kennengelernt. Sie war dort als Haushaltsgehilfin in Stellung, hat sich aber nebenbei noch als Kellnerin betätigt. Nach einem Gespräch mit der Marie stellte sich heraus, dass sie aus dem Saargebiet stammte. Ich erzählte ihr, dass meine Eltern auch einmal im Saargebiet gewohnt haben und dass ich dort geboren bin. Nach diesem Bekenntnis ließ die Schranne erkennen, dass sie eine Zuneigung zu mir hatte. Wir lernten uns näher kennen, und so kam es schließlich zu einem Liebesverhältnis und auch zum Geschlechtsverkehr.

Die Marie stand damals erst im 19. Lebensjahr. Wir beide haben uns an dem großen Altersunterschied nicht gestört.

Meine Eltern waren gegen die Heirat eingestellt, weil die Marie einerseits sehr jung war, andererseits aber auch kein Vermögen hatte. Sie meinten, ich hätte eine bessere Partie machen können. Ich hätte nur ein Bauernmädchen heiraten brauchen.

Die Marie und ich verstanden uns aber sehr gut.

Meine Frau war in geschlechtlicher Hinsicht anormal veranlagt. Sie war in sexueller Hinsicht unersättlich, und sie war zum Verkehr jederzeit bereit. Wenn meine Frau einmal erzählt hat, ich sei in sexueller Hinsicht anormal veranlagt und hätte mit ihr in einer Nacht oft 15 Mal den Geschlechtsverkehr vollzogen, so hat sie die Unwahrheit gesagt. Gewiss, ich hab' immer getan, was ich konnte, aber 15 Mal in der Nacht, das glaubt doch kein Mensch."

Der alte Richter war erschüttert ob der animalischen Dimension menschlichen Zusammenlebens. Er war aber auch neugierig, ja, gierig auf das, was noch kommen musste. Dieses Leben berührte ihn nicht nur amtlich, aktenstaubtrocken, es fesselte ihn auf eine groteske Art.

Melchior hatte innegehalten. Der Richter blätterte in den Zeugenaussagen, die ihm die Polizei vorgelegt hatte. Er suchte gewissermaßen den Schlüssel zu diesem Leben. Es waren unbekannte Aussichten und Einsichten in Bereiche, die ihm ganz fremd waren. Er hatte nach dem Krieg zahlreiche Prostituierte vernommen, „Ami-Huren", wie sie hießen, oder „Schnepfen" oder „Strichmädchen" oder auch „Fräuleins"; alle waren eher geschäftlich denn geschlechtlich tätig gewesen. Melchiors Leben und das seiner Frau sprengte diesen Rahmen.

Es schien dem Melchior im Halb-Bewussten, als wollte der alte Beamte teilhaben an allem, was er gemacht und mitgemacht hatte. Das Verhör war mehr Teilnahme als gestrenge Einvernahme.

Der Richter blätterte weiter in diesem Almanach eines schrecklichen, ungewöhnlichen Lebens. Ah, da hatte er die gesuchte Stelle:

„In einer Zeugenaussage heißt es, Sie hätten von ihrer Arbeit im Schlachthof oft Stierhoden mitgebracht und Ihrer Frau befohlen, diese zu braten. Stimmt das?"

Melchior nickte. „Klar. Oft. Ich hab' die ja rausoperiert. Und: Fleisch ist Fleisch ..."

„Haben Sie Ihrer Frau befohlen, auch davon zu essen?"

„Ja, sie wolle erst nicht, dann, im Hunger, ging's plötzlich ganz leicht ... Wissen Sie, Herr Richter, die sind gar nicht so schlecht. Außerdem sollen sie dem Triebleben nachhelfen. Aber, soviel hat meine Frau nicht gegessen. Die brauchte das gar nicht ..."

Melchior war unversehens in einen fast normalen Unterhaltungston hineingeraten. Er berichtete von seinem gewohnten Leben. Von Alltäglichem, das er von frühester Kindheit her kannte. Schließlich war sein Vater auch Viehkastrierer. Das waren alles Dinge, so normal wie für den Richter der Aktenbock neben dem Schreibtisch.

*

In der zweiten Dezemberhälfte war es auch in Orselina ob Locarno Winter geworden. Ein hübscher Winter, unbeschwert von den heimischen Bedrängnissen, ob man genug Kohle für die Öfen hatte, genug Brot und Kartoffeln für die Töpfe. Vom Fleisch ganz zu schweigen.

Hier oben, in der Villa Fragola, was Erdbeere bedeutet, wussten sich die Kinder auf einer Insel der Seligen. Sie konnten dies zwar nicht ausdrücken, aber sie spürten es. Und zwar so sehr, dass sie jetzt, wenige Tage vor dem heimeligen, heimischen Heiligen Abend kein Heimweh hatten. Oder wenigstens tagsüber nicht.

Nachts, im weiß gestrichenen Eisenbett, da konnte beim Einschlafen das Schlucken schon schwer werden.

Also, der Winter war strahlend weiß und blau. Blau der Himmel über dem See und den Bergen, weiß auf den Berghängen und sogar auf den Palmwedeln. Es sah hübsch verrückt aus, wenn Jakob über die Glyzinienranken schaute, in deren blauen Beeren sich die Spatzen stritten.

Heute war Briefschreibe-Nachmittag. Die Mädchen und Buben waren fast einen Monat hier und sollten endlich Post von zu Hause bekommen. Die Kuverts waren alle geöffnet. Außen trugen sie mehrere Stempel und die Nummer der Kinder, die sie beim Einladen auf dem Bahnhof daheim erhalten hatten. Für sich, für die Koffer und für die Post. Jakob hatte die Nummer 28.

Aus dem Kuvert kam ein nicht mehr ganz glatter Brief auf feinem blauem Papier. Er war offensichtlich vorher gelesen worden. Oben trug er, in zierlichen Buchstaben eingedruckt, den Namen seiner Mutter. Hatte man auch nichts zu essen, Briefpapier hatte man. Die Vorderseite zierte die runde, große Schrift der Mutter, die erste Rückseite die schwere des Vaters. Der musste alles in Druckbuchstaben schreiben, weil er sich nicht zur Lateinischen Schreibschrift hatte durchringen können.

Die Mama schrieb, dass man dankbar sei, wenigstens eines der sechs Kinder satt zu wissen, der Papa, gelernter Lehrer, erläuterte Jakob die geografische und meteorologische, die botanische sowie die linguistische Situation Locarnos.

Das Beste für Jakob waren Katharinas Zeilen, die sich krakelig anschlossen. Sie übten Krippenspiel im Keller, zwischen den Apfelregalen. Dabei kam sie auf die Wendung, dass bald nach Weihnachten Dreikönigstag sei. Diesmal müsse man wohl auf den mittleren König, den Melchior (dick unterstrichen!) verzichten.

.

.. Denn der Melchior sitzt - nachdem er lange gestanden hat. In der Weißdorngasse. Und die Irma singt auch nicht mehr „Bella, bella, bella, bella Marie“. Sonst muss sie heulen.

Über diese Zeilen war mit einem Rotstift ein kleines Fragezeichen gemalt. Wohl von der Zensur. Die Heimleitung war angehalten, alle versteckten Ungereimtheiten, die vielleicht politisch auszudeuten waren, zu klären.

Tatsächlich kam am späten Nachmittag die dickliche Schweizer Krankenschwester und erkundigte sich bei den Kindern nach der Post. Bei Jakob blieb sie stehen und nahm wie zufällig seinen Brief vom Tisch.

Nein, was die Mutter für eine schöne Schrift hatte, und der Vater erst ...! Was aber die Schwester jetzt mit den Heiligen Drei Königen hatte ...? Das konnte sie nicht verstehen.

Jakob roch den Braten und sagte schnell, das sei ein beliebtes Spiel bei ihnen. Es gehe ums Namen-Raten.

Aha. Jetzt verstand die Schwester noch weniger.

Aber er hatte verstanden, dass Melchior daheim die Tat gestanden hatte und jetzt im Gefängnis war. Das erleichterte ihn, es machte ihn sicherer und ein wenig froh. Denn die dunkelste aller Geschichten, die von der Ermordung der Marie, war ganz nahe bei seinem Elternhaus geschehen. Jenseits der Stadtmauer.

20. KAPITEL

Und daheim, im Gefängnis, erfuhr der Richter den Gang der Tragödie, wie er lapidarer nicht hätte sein können. Voller Irrungen und Wirrungen, Gewöhnlichkeiten und Schrecknisse.

Wann war die Übereinstimmung, die Harmonie zwischen den jungen Eheleuten zerbrochen und wodurch?

Während eines Gefängnisaufenthaltes. Melchior war für vier Wochen wegen Hausfriedensbruchs und Sachbeschädigung eingesperrt gewesen. In dieser Zeit hatten sich andere Männer an die Marie herangemacht. Melchior wusste von wenigstens zweien, mit denen sie's hatte. Dazu kam ein Verhältnis mit einem Marokkaner, einem Bäcker der französischen Armee. Das hatte ihm Susi, eine Freundin seiner Frau, selbst erzählt.

Er hatte Marie zur Rede gestellt, war zu ihren Liebhabern gegangen. Keiner gab natürlich zu, mit Marie ein Verhältnis gehabt zu haben. Aber er, Melchior, hatte Beweise.

Der Richter wollte zunächst von diesen Beweisen nichts wissen. Ihn interessierte nur, ob Melchior vor dieser Haft schon einmal eine Gefängnisstrafe verbüßt hatte, und wenn, warum.

„Ja, Herr Richter, das war nicht die erste Strafe. So etwa 1933 wurde ich eingesperrt wegen Betrugs. In der Folgezeit wurden mir von Ihrem Amtsgericht und von dem im Nachbarkreis noch mehrere solcher Strafen zudiktiert."

„Wen haben Sie betrogen und worum?", erkundigte sich der alte Richter milde.

„Ich habe mir damals auf betrügerische Weise von Bauern Ferkel geben lassen und sie wieder verkauft. Ich hatte mehrere kleinere Freiheitsstrafen zu verbüßen. 1936 wurde ich dann vom

Gericht in Ebersweiler in Preußen wegen Betrugs im Rückfall zu einer Zuchthausstrafe von einem Jahr verurteilt. Auch diese Strafe habe ich abgesessen. Wegen eines Sittlichkeitsverbrechens bin ich nicht bestraft worden ...“

„Aber doch nur, weil Sie niemand anzeigte.“

„Wie meinen Sie das, Herr Richter?“

„Nun, aus den Zeugenaussagen, die mir hier vorliegen, haben Sie im Frühjahr 1947 ein achtjähriges Mädchen aus Berghausen mit sich gelockt unter der Vorgabe, die Großmutter im Nachbarort warte auf sie. Das Kind ist mitgegangen, bis Sie im Kiefernwald vor der Beggelheimer Landstraße in eine falsche Richtung abbogen und die Kleine Verdacht schöpfte. Zum Glück war sie mutig genug zu schreien. Und außerdem waren ihre Eltern und ein Nachbar hinter Ihnen her ... Nur dem Umstand, dass Sie aufgehalten wurden, ist es wohl zu verdanken, dass Sie dem Kinde nichts angetan haben. Das stimmt doch?“

„Ach, Herr Richter, ich weiß, gerade jetzt, nach dem Fall mit meiner Frau, spricht alles gegen mich, was in den Bereich der Sittlichkeit fällt. Ich kann Ihnen heute nicht mehr sagen, warum ich das Mädchen mitgenommen habe. Ich weiß nur noch, dass sie arg lieb war und gutgläubig und dass ich in sie vernarrt war. Ich wollte ihr aber nichts Böses antun. Glauben Sie mir das.“

„Das fällt mir schwer. Aber weiter. Was haben denn die Eltern und der Nachbar mit Ihnen angefangen, als sie Sie im Kiefernwald mit dem Kind erwischten?“

„Sie haben mich halb totgeschlagen und dann liegen lassen. Vielleicht war das der Grund, warum sie mich nicht anzeigten. Ich konnte mich tagelang nicht auf der Straße sehen lassen. Meine Mutter hat mich mit Essen versorgt.“

„Wusste Ihre Mutter, warum Sie so zugerichtet waren?“

„Nein. Ich habe vorgetäuscht, in eine Wirtshausschlägerei geraten zu sein.“

„Also kein Gerichtstermin wegen der Kleinen. Wie ging es denn vor dem Krieg in Ebersweiler weiter?“

„Ja, Herr Richter, 1936 bin ich wegen der Zuchthausstrafe

wehrunwürdig geworden. Das war vor dem Krieg. 1942 habe ich meine Wehrwürdigkeit wiedererlangt, indem ich zur Wehrmacht eingezogen wurde und mich an der Front bewährt habe. Am 13. April 1943 wurde ich in Afrika am rechten Bein schwer verletzt. Es ist bis heute teilweise steif, und ich kann mich nur mit einem Stock fortbewegen."

„Also, das war gewissermaßen die Vorgeschichte zu unserer Sache, wegen der Sie vor mir sitzen. Sie, Melchior, geben an, während eines kurzen Gefängnisaufenthaltes von Ihrer jungen Frau mehrfach betrogen worden zu sein."

„Sie hat das später zugegeben, nachdem sich herausstellte, dass sie mich nach der Haft mit der Syphilis angesteckt hatte. Eine ärztliche Untersuchung hat ergeben, dass sie in der Zeit bereits Syphilis hatte. Ich konnte mir die Krankheit nur von ihr zugezogen haben, da ich in jenen Wochen mit keiner anderen Frau Verkehr hatte. Auf mein Drängen, mir doch zu sagen, mit wem sie sich während meiner Gefängniszeit abgegeben hatte, nannte sie mehrere Kerle aus unserer Umgebung, nur den farbigen französischen Soldaten nicht."

„Sie waren unglücklich wegen dieser Ehebrüche Ihrer Frau?"

„Ich war und ich bin es noch. Wie oft hab' ich ihr Vorhaltungen gemacht, hab' sie angefleht, das Fremdgehen sein zu lassen. Sie bekam doch von mir alles, was sie brauchte. Essen, Trinken und sonst auch. Aber sie ließ von den Kerlen nicht ab. Schon gar nicht von dem Marokkaner. Einmal war sogar ein französischer Gendarm bei uns und hat nach ihm gefragt. Anscheinend war er aus seiner Bäckerei verschwunden. Es tut schon weh, wenn jedermann weiß, dass dir deine Frau Hörner aufsetzt, und zwar ganz ungeniert und öffentlich, und dass du nichts dagegen tun kannst."

Der Richter: „Das Stichwort Tun. Sie haben, wie Zeugen berichten, dennoch etwas dagegen getan. Sie haben mehrfach Ihre Frau misshandelt."

„Ich kann nicht bestreiten, dass ich die Marie mehrfach misshandelt habe. Ich hatte meine Frau sehr gern und war eifersüchtig auf jeden fremden Mann, der sich ihr genähert hat. Ich habe meine Frau aber nie schwer misshandelt. Ich habe ihr nur zwei oder drei Schläge mit der Hand versetzt. Meine Frau hat einmal gesagt, ich wolle sie vergiften oder sonstwie beseitigen. Das hatte ich nie vor. Nie! Glauben sie mir, Herr Richter." Melchior flehte sein Gegenüber direkt an.

Der Richter sah müde von den Akten hoch, Melchior gerade ins nichtssagende, törichte Gesicht.

„Sie behaupten immer, Sie wollten Ihre Frau nicht töten oder sonstwie loswerden, wie Sie sagen. In Wirklichkeit haben Sie die Marie doch mit der Axt erschlagen und danach in Stücke zerteilt, um sie verschwinden zu lassen. Soviel Brutalität, soviel Kaltblütigkeit, Herzlosigkeit ... Sie können mir doch nicht weismachen, dass Sie die Marie nicht umbringen wollten! Die Fakten sprechen klar gegen Sie! Und Sie gestehen das ja auch. Wie passt denn dies alles zusammen?"

Melchior war sichtlich durcheinander. Zuerst waren sie in sein normales Leben eingedrungen, hatten besprochen, was einmal war. Ganz normal. Fast wie von Kamerad zu Kamerad. Dann plötzlich war der Totschlag an der Marie aufgeblitzt, ihre Zerstückelung. Das ganze große Elend war wieder über ihn hereingebrochen. Zuerst hatte er gemeint, mit den Seitensprüngen seiner Frau, mit ihrem Lotterleben, mit ihrer ständigen Untreue alle Schuld auf sie schieben zu können. Und dann musste er erkennen, dass ihr Tod durch ihn etwas so Endgültiges war, dass alle Argumente auf einmal nicht mehr Bestand hatten. Nicht seine Demütigungen durch sie, nicht die Eifersucht, nicht die Angst.

Der Richter wollte bei Melchior kein falsches Selbstmitleid aufkommen lassen.

„Wenn Sie sagen, dass Sie Ihre Frau liebten, dass Sie vor Eifersucht fast umkamen, dass Sie ihre Männerbekanntschaften hassten und ihre Untreue, dann müssen Sie mir sagen, wie Sie Ihre Frauen-Affären erklären. Sie hatten doch ständig Verkehr mit Mädchen oder Frauen. Sie haben es, das beweisen Ihre eigenen Aussagen und die von zahlreichen Zeuginnen, nie genau genommen mit der ehelichen Treue. Fast jeden Tag war doch eine andere dran ..."

Melchior zögerte nicht mit seiner Antwort.

„Das stimmt, Herr Richter. Ich hatte fast jeden Tag eine Frau im Bett, manchmal auch zwei. Wie sich's ergeben hat und wie ich sie mir leisten konnte."

„Was heißt denn ‚leisten'?", erkundigte sich der Richter verblüfft. „Nahmen Sie denn nur Prostituierte?"

„Prostituierte ... Da kann man keine scharfe Grenze ziehen. Viele, vor allem manche Hausfrau, kamen einfach aus Not zu mir, ihre Kinder und manchmal auch ihren Mann zu ernähren. Was bedeutet das denn: einmal ins Bett und dann wieder raus - Liebe? Das ist einfach eine Notwendigkeit, und zwar auf beiden Seiten. Ich hab' das gebraucht und die Frauen auf ihre Art auch. Mit Liebe hat das nichts zu tun."

„Ja, und Ihre Frau?"

„Sehen Sie, Herr Richter, die war eine leidenschaftliche Person. Die hat's gern getan. Und dann hat sie diesen Marokkaner richtig geliebt, wie ihre Freundin sagte. Er war zart und lieb, hat sie gut behandelt, nicht nur mit ihr geschlafen, sondern sie auch ernährt, mitgenommen in seinem Schiep, hat ihr mal ein Kleid besorgt. Einmal hat sie gesagt, sie könne mich nicht mehr ertragen, weil ich so ein Tölpel bin, so ein Klotz ... Aber wir haben doch aus Liebe geheiratet und nicht aus Berechnung ..."

„Ja, so, da machen Sie Unterschiede! Unterschiede in der Begegnung der Menschen, zwischen sich und Ihrer Frau, zwischen deren Kerlen und Ihren Frauen ...? Ich kann das nicht verstehen. Verkehr ist doch Verkehr, das ist keine Sache. Ist das nicht das Intimste zwischen zwei Menschen, zwischen Mann und Frau ...?"

„Wie Sie meinen, Herr Richter. Wenn man das so oft gemacht hat, mit so vielen wechselnden Partnerinnen, dann ist das ...", Melchior stockte und überlegte, „... dann ist das wie eine Wiederholung von Übungen. Wie Essen und Trinken und Schlafen. Nichts Besonderes halt, aber was Notwendiges ..."

21. KAPITEL

Melchior saß jetzt allein in seiner Zelle. Der Polizeispitzel hatte seinen Dienst getan.

Sie hatten ihm alles weggenommen, womit er anderen, vor allem aber sich, hätte Schaden zufügen können. Melchior wusste genau, dass er unter ständiger Beobachtung stand. Und er wusste auch, warum. Nie war er dem Selbstmord so nah wie jetzt.

Auch der greise Untersuchungsrichter konnte ihm das Schwerste nicht abnehmen: die genaue Schilderung seiner Tat. Jetzt waren weitschweifende Erklärungen, Deutungsversuche, Ausreden umsonst. Jetzt ging's ums Ganze.

Als er am anderen Morgen nach einer schlaflosen Nacht, bleich und kaum seiner selbst bewusst, zum Verhör geführt wurde, war es, als ginge er aufs Schafott.

*

An eben diesem bangen Morgen stürzten in Jakobs Elternhaus die beiden Brüder Karl und Adam die steile Treppe empor. Denn hinter ihnen keuchte ein Gendarm der französischen Armee. Wütend, schnaubend. Er war außer sich. Die beiden jungen Männer waren es auch. Denn er hatte sie in seiner Gewalt.

Was war geschehen?

Sie hatten ihn auf der Straße nicht gegrüßt. Waren ihm gedankenlos in den Weg gelaufen. Hatten das Trottoir nicht verlassen, wie es ein ungeschriebenes Gesetz der Besatzer verlangte. Und als er sie zur Rede stellte, da hatten sie gelacht. Er hatte zum Schlag ausgeholt, doch sie waren schneller. Sie liefen durch den elterlichen Vorgarten, die Treppe hoch. Sie konnten die Tür nicht vor ihm zuschlagen, so dicht war er hinter ihnen.

Nun standen sie alle drei oben im Flur. Auf der Kredenz lagen harmlos die Gebetbücher vom Sonntag.

Bevor er ihnen aber eine hatte runterhauen können, ertönte unten die Klingel. Karl trat automatisch auf den altertümlichen Drahtseilzug vom Türöffner.

Herauf kam Vaters bester französischer Freund, der Kulturattaché Roland Gosserin. Der hagere Mann in Offiziersuniform hatte erkannt, worum es sich handelte. Einige scharfe Fragen in Französisch, und die Lage war klar. Hier lag der Übergriff eines seiner Soldaten in Gendarmenuniform vor. Er wies den Mann mit scharfen Worten zurecht und befahl ihm, sich morgen zu melden.

Karl und Adam stammelten ein verlegenes „Vielen Dank für die Hilfe, das war knapp“, als ihr langer Vater aus seinem Arbeitszimmer kam. Verwundert schaute er auf seine Söhne und Gosserin.

Der Offizier erklärte, was vorgefallen war. Dann winkte er fast unwillig ab. „Es ist schlimm, wenn Soldaten ihre Macht missbrauchen. Wir befinden uns zwar offiziell noch im Kriegszustand, aber nicht mehr im Krieg. Diesen törichten und arroganten Übergriff werde ich ahnden.“

Gosserin sprach ein überkorrektes Deutsch, an Goethe und Schiller geschult, an Klopstock und Lessing. Und gerade diese Überbetonung hatte ihn schon manches Mal im Feindesland in Verlegenheit gebracht. Der Vater Jakobs hatte einmal mit wieherndem Lachen erzählt, wie der ewig frierende Gosserin, seinen runden schwarzen Hut auf dem Kopf und die braunen Lederhandschuhe an den schmalen Händen, in ein Haushaltswarengeschäft getreten war. Dort hatte er die junge Verkäuferin um „ein Bettfleisch“ gebeten. Die war rot angelaufen und wollte sich des frechen Ansinnens erwehren, als eine ältere, erfahrene Verkäuferin erkannt hatte, was der Offizier wollte: Eine Bettflasche. Aus Gummi. Und keineswegs eine mit zwei Ohren ...

Die Brüder waren ins Esszimmer verschwunden, Gosserin und sein deutscher Freund saßen im Arbeitszimmer.

„Ich glaube zu wissen, warum der Gendarm so überaus erregt handelte. Mit ihm, wie sagt man, ist ein Pferd durchgegangen. Er bearbeitet den schwierigen Fall von Marie Melchior und Hasan, dem marokkanischen Bäcker. Nun, da Marie so schlimm gemordet ist, konnte ihr Geliebter natürlich nicht mehr hierbleiben. Der Gendarm veranlasste eine übereilte Versetzung nach Frankreich. Und so behindert er die korrekte Arbeit Ihres und unseres Strafgerichts. Das wird ihm eine dicke Rüge eintragen ... Und dann auch noch die Frechigkeit gegen Ihre beiden Söhne. Ja, da wird es etwas geben bei uns ...“

*

Der Richter bat Melchior, bei der Schilderung des Tathergangs genau zu sein, nichts auszulassen und nichts zu verschweigen. Auch Nebensächlichkeiten könnten sehr wichtig sein - bei der Beurteilung dieses Verbrechens.

Melchior nickte, wie immer, ergeben. Er war im Grunde eine feige, schwache Figur, nur getrieben von seinen Neigungen. Nichts war durch Verstand oder Erfahrung gefiltert.

Also begann er:

Am 23. Oktober 1947 machte mir meine Frau die Mitteilung, dass sie von dem farbigen Soldaten geschwängert worden sei.

„Ich bin im zweiten Monat“, sagte sie. Sie stand im Türrahmen und wartete auf meine Reaktion.

Ich glaubte ihr nicht, weil ich weiß, dass sie nicht empfänglich ist ... war. Beim Geschlechtsverkehr habe ich nie aufgepasst, und es ist nie so weit gekommen, dass sie schwanger wurde.

Obwohl ich auch jetzt nicht an eine Schwangerschaft glaubte, geriet ich in eine gewisse Erregung. Sie wollte mit dieser Behauptung deutlich machen, dass sie mit dem farbigen Soldaten Geschlechtsverkehr hatte.

Ich war schon immer eifersüchtig, jetzt aber meinte ich, verrückt zu werden. Ich glaubte, nun werde ich sie ganz verlieren.

Als sie meine Unruhe bemerkte, sagte sie, sie wolle mit ihrem Freund in dessen Heimat gehen. Für immer.

Ich habe trotz allem immer sehr an meiner Frau gehangen. Und jetzt wusste ich nicht, wie ich sie halten konnte. An diesem Tag hat sie mich böswillig verlassen.

Dann traf ich am Samstag, den 25. Oktober 1947, in der Mittagszeit, eine Freundin meiner Frau, die Jasmine A. Ich machte ihr das Angebot, zu mir zu kommen. Sie bekäme etwas zu essen, und sie würde auch noch Geld bekommen ...

„Geld, wofür?“, fragte der Richter.

Na, ja, halt dafür, dass sie mit mir schlief. Das war nichts Außergewöhnliches.

Die Jasmine sagte, sie wolle abends kommen, und tatsächlich kam sie auch, nach Einbruch der Dunkelheit, - mit meiner Frau. Ich gab der Marie eine Hand voll Tabak und einige Kartoffeln, weil sie die verlangt hatte. Dann fragte ich beide, ob sie nicht dableiben wollten. Jasmine und meine Frau tuschelten in der Ecke etwas, was ich nicht hören konnte, und dann verschwanden sie blitzschnell aus meiner Wohnung.

Ich gleich hinterher, weil ich sehen wollte, wohin sie gingen. Das dauerte ein bisschen, da ich meinen Stock suchen musste. Trotzdem sah ich Marie und Jasmine in der Haustüre ihrer gemeinsamen Freundin, der Susi Müller, verschwinden. Sie wohnt in der Gasse, die schräg gegenüber unserer Wirtschaft von der Erdebruststraße abgeht.

Ich schloss die Haustür ab und ging hinüber zur Susi Müller. Dort traf ich die Ehefrau Müller, ihr Mann ist auf dem Schiff, dann die Jasmine, meine eigene Frau und zwei farbige Soldaten. Dabei war nicht der Hasan, der frühere Liebhaber meiner Frau, der soll nach Algerien versetzt worden sein.

Aber der Hasan hatte schon einen Nachfolger. Er stand auch in der Küche. Er war dem Hasan sehr ähnlich - in Größe und Gestalt. Ich ging auf ihn zu und wollte ihm zu verstehen geben, dass er wohl mit der Marie viel Pläsier habe.

Ich stand unter der Tür. Meine Frau kam auf mich zu und sagte, ich soll hinausgehen, sie wird mir schon folgen.

Ich erinnere mich noch daran, dass meine Frau den Tabak in der Hand hielt, den ich ihr vorher daheim gegeben hatte.

Ich sagte, sie solle ihre Kleider mitnehmen und mit in unsere Wohnung kommen. Das lehnte sie ab. Die Kleider bleiben da, sie wolle aber mitgehen.

So gegen 19.45 Uhr sind wir dann in meiner Wohnung eingetroffen. Ich habe die Wohnungstür und die Küchentür verschlossen. Das habe ich getan, damit uns niemand störte.

In der Küche ist es dann zwischen mir und meiner Frau zum Geschlechtsverkehr gekommen.

Sie war jederzeit bereit, wenn ich sie anfasste. Wir haben dann im Stehen den Beischlaf vollzogen.

Aus Erfahrung wusste ich, dass meine Frau danach oft umzustimmen war. Ich hoffte immer noch, sie würde bei mir bleiben.

Sie sagte, sie könne nicht dableiben, ich solle ihr 50 Mark geben. Ich sagte, sie werde 200 Mark bekommen, wenn sie dableibe. Sie lehnte mein Ansinnen wiederum ab. Sie bräuchte mein Geld nicht.

Nun ging sie zum Schrank und wollte sich mein Brot nehmen.

Da sagte ich, wenn sie nicht dableiben wolle, bekomme sie auch mein ganzes Brot nicht, bloß ein Stück. Ich sagte ihr noch, dass ich ihr nicht den ganzen Laib geben wolle, damit sie ihren Araber durchfüttere.

Sie blieb stur und wollte gehen.

Ich war aufgeregt und rief ihr zu: „Du bist ein blödes Stück Möbel!“

Meine Frau war nicht weniger erregt und schrie, ich sei ein blöder Hammel.

Dem Sinn nach hat sie dann erklärt: „Was willst du denn, du blöder Hammel, glaubst du, ich lasse mich von dir einschüchtern?

Ich brauche nur zu schreien, dann bist du nicht mehr als ein Hampelmann. Dann machen wir dich auf der Stelle kalt."

Ich war vor Wut wie von Sinnen. Die wollte mich mit ihrem Liebhaber kaltmachen. Wörtlich sagte ich zu ihr:

„Ihr mich kaltmachen? Da stirbst du vor mir auf dem Platz!"

In diesem Augenblick stand ich vor dem Küchenschrank. Neben dem Brotkasten lag das Fleischerbeil. Als ich das gesagt hatte, griff ich nach dem Fleischerbeil.

Meine Frau fing an, fürchterlich zu schreien.

Ich bin mit erhobener Hand auf sie eingedrungen. Sie machte den Versuch, aus der Wohnung zu entkommen.

Ich wollte ihr mit dem Beil auf den Hinterkopf schlagen, meine Frau hat sich in diesem Augenblick aber umgedreht. Deshalb habe ich sie mit der Schneide über die Stirn, die Nase und die linke Wange getroffen.

Der Schlag war von so großer Heftigkeit, dass meine Frau sofort zusammengebrochen ist.

Nachdem sie zu Boden gefallen war, habe ich sofort das Petroleumlicht ausgeblasen. Ich wollte verhindern, dass jemand von außen zusehen konnte, was in der Küche passiert war.

Meine Frau war mit dem Kopf gegen die Tür gefallen. Das hat einen dumpfen Schlag getan.

Weil ich nicht wusste, ob sie tot war, rief ich:

„Marie, hörst du mich noch?"

Sie röchelte nur noch. Aber sie war wohl schon hinüber. Um ihr aber mögliche Schmerzen zu ersparen, dachte ich bei mir, ich muss sie vollständig totschlagen. Ich habe ihr dann mit dem Fleischerbeil, und zwar mit der Schneide, auf den Hinterkopf geschlagen, mit Wucht. Ich wollte sicher sein, dass sie tot ist.

Dann schleifte ich meine Frau in das Schlafzimmer. Durch einen Lichtschein, der durch die Ladenritzen kam, sah ich, dass der zweite Schlag gesessen hatte. Vorsichtshalber gab ich ihr einen dritten, um den Schädel zu spalten, damit sie wirklich tot war.

Dann habe ich ihr den Puls gefühlt. Er stand still.

Der Richter gebot Melchior mit einer Handbewegung, in seiner Schilderung innezuhalten.

Er wollte seine Erschütterung nicht zeigen, brauchte aber für sich und den jungen Schreiber, der blass am Ende des Tisches saß, eine Zäsur. Melchior kam diese Pause nicht gelegen. Er hätte dies alles liebend gern schnell hinter sich gebracht. Erschöpft saß er auf seinem Stuhl und starrte auf die gegenüberliegende Wand.

Der Richter sah, dass dem Schreiber übel war. Er fragte ihn, ob er für zehn Minuten nach draußen gehen wolle. Der junge Mann nickte dankbar und schlich sich zur Toilette, um sich zu erbrechen.

„Eines ist mir unklar“, sagte der Untersuchungsrichter zu Melchior nach der kurzen Pause, „wieso lag denn das Fleischerbeil so griffbereit neben dem Brotkasten auf Ihrem Schrank?“

„Meine Mutter hatte es mir am Vormittag gebracht. In eine Schürze eingewickelt. Ich brauchte es doch für meine Arbeit in Geinsheim ...“

„Seit wann kastriert ein Kastrierer mit dem Beil?“, fragte der Richter ohne jede Ironie.

„Ja, nein, nicht zum Kastrieren ...“

„Wozu denn, wenn Sie nicht schon am Vormittag die feste Absicht hatten, Ihre Frau umzubringen?“

„Nein, nein, das hatte ich nicht“, stöhnte Melchior. „Es kommt schon nicht mehr darauf an. Ich hab’ in Geinsheim schwarz geschlachtet. Der Kastrierer fällt da nicht so auf, wie wenn ein Metzger ins Haus kommt. Der Kastrierer kommt mit blutigen Händen und geht mit blutigen Händen, wenn’s schnell gehen muss. Und so war’s in Geinsheim.“

Der Schreiber war inzwischen wieder hereingekommen und hatte sich beklommen auf seinen Platz gesetzt. Der Richter hieß ihn, die Zwischenerklärung mit dem Fleischerbeil in seinem Protokoll nachzutragen.

Dann musste Melchior in der Schilderung seiner Tat fortfahren.

Nachdem ich sicher sein konnte, dass meine Frau tot ist, wusste ich nicht, was ich machen sollte. Die Erregung in mir war noch ziemlich stark, sie ist dann aber abgeflaut, und ich konnte erkennen, was ich angerichtet hatte.

Meine Frau hat mir leidgetan, wie sie so lag in ihrem Blut. Ich habe mich auf sie geworfen und ausgeweint. Dabei habe ich ein Selbstgespräch geführt. Ich weiß aber nicht mehr, was ich alles gesagt hab'.

Nach dreißig, vierzig Minuten stand ich dann benommen auf und fuhr mir übers nasse Gesicht. Ich war voll von ihrem Blut.

Nach dem Waschen bekam ich es mit der Angst zu tun. Ich befürchtete, dass jemand in meine Wohnung kommen könnte, um nach meiner Frau zu fragen.

Ich war so verzweifelt, dass ich mir überlegte, ob ich mir nicht das Leben nehmen sollte. Diesen Gedanken musste ich aber aufgeben, da ich keinen Gasgroschen für die Gasuhr hatte. Ich hätte mindestens drei Groschen gebraucht, um die Gasuhr in Betrieb zu setzen, die das Gas erzeugt, um mich umzubringen ...

Der Richter schaute unwillkürlich auf. Melchior direkt ins breite, ausdruckslose Gesicht. Wollte er ihn zum Besten halten mit dieser Gasuhr-Geschichte, oder war es ihm ernst damit? Sein Erzählton war so ausdruckslos, als würde er irgendeine Geschichte erzählen und nicht die eigene.

„Also, es gelang Ihnen nicht, sich das Leben zu nehmen. Ihr Leben hing sozusagen an drei Gasgroschen ...“

Der Richter schaute dem Totschläger wieder ins Gesicht. Er wollte sehen, ob der die feine Ironie heraushören konnte.

Nein, das konnte er nicht.

„Ja“, sagte Melchior bedächtig, „daran lag's, an den fehlenden Groschen ...“

Der Richter hätte leicht fragen können, ob es für ihn bei soviel Todessehnsucht keinen anderen Weg gegeben hätte. Den Strick zum Beispiel oder eines seiner zahlreichen Arbeitsmesser. Er wollte aber den Mann nicht kopfscheu machen und ihn auch

nicht nachträglich auf diese gefährlichen Gedanken bringen.
Melchior fuhr in seiner Schilderung fort:

Ich hab' mich dann aufs Bett gelegt, bin gleich eingeschlafen. Das kam durch die Entspannung der Nerven. Ich war todmüde.

Als ich erwachte, schimmerte schon das frühe Tageslicht durchs Fenster. Ich brauchte nicht lange, bis mir alles wieder bewusst war. Ich hatte gestern Abend meine Frau umgebracht. Die Leiche lag noch in meinem Schlafzimmer neben der Tür. Ich machte mir Gedanken darüber, wie ich die Tote beseitigen könnte.

Am gleichen Morgen, es war der 26. Oktober, kurz vor 8.30 Uhr, klopfte es an meine Tür. Ich hab' mich ruhig verhalten, damit man annehmen sollte, ich sei nicht da. Dann hörte ich, dass zwei Personen über den Hof weggingen. Ich sah durch den Ladenspalt und erkannte die Susi Müller und ihre Freundin, die Jasmine.

Ich schlich aus meiner Wohnung und folgte den Frauen. Frau Müller muss meine Schritte gehört haben. Sie drehte sich schnell um und fragte nach meiner Frau.

Ich sagte ihr, sie sei am Vorabend kurz bei mir gewesen und habe sich dann wieder entfernt.

Da fällt mir ein, dass ich sie fragte, wem die Schuhe gehören, die meine Frau getragen hat. Sie sagte, die gehörten ihr, der Frau Müller.

Am gleichen Tag, gegen 18.30 Uhr, ist Susi Müller wieder vor meiner Wohnung erschienen und hat Einlass begehrt. Ich hab' die Wohnung wieder nicht geöffnet, weil ja meine tote Frau noch darin lag. Ich sagte ihr, ich könne jetzt nicht öffnen. Ich sei im Bad gewesen und müsse mich abtrocknen.

Sie ging weg, maulte aber laut vor sich hin. Ich konnte nicht verstehen, was sie schalt. Auf jeden Fall bekam ich es mit der Angst zu tun, sie könne die Polizei rufen, um nach meiner Frau suchen zu lassen.

Da kam ich auf den Gedanken, der Frau Müller die Schuhe meiner Frau zu bringen, etwas Tabak und 50,- RM, um ihr zu sagen, sie solle dies alles meiner Frau geben, wenn sie zu ihr käme. Ich machte ihr dann vor, Marie sei am Vorabend kurz bei mir gewesen und nach einem kurzen Streit wieder verschwunden. Ich sagte ihr, sie sei mit einem französischen Soldaten im Auto fortgefahren. Dabei erwähnte ich, dass sie den Mantel und die Schuhe eines Fräuleins getragen habe, das mit im Auto saß.

Das mit dem Mantel musste ich erfinden, weil es in diesen späten Oktobertagen abends schon ziemlich kalt geworden war.

Melchior fuhr sich über das schweißnasse Gesicht. Der Richter blieb stumm. Er nickte dem Mann zu, in seiner Beichte fortzufahren.

Also, Herr Richter, es war schlimm in diesen Tagen. Drinnen lag meine tote Frau, draußen klopfte es ständig an der Tür. Die Weiber ließen mir einfach keine Ruhe.

Schon am gleichen Abend kam die Jasmine mit einem Franzosen und sagte, sie wollten unbedingt meine Frau sprechen.

Ich sagte den beiden, ich könne sie unmöglich in meine Wohnung lassen. Es sei ein Fräulein da und das fürchte sich vor der französischen Uniform. Beide haben sich darauf entfernt.

Das Mittagessen am Sonntag, den 26. Oktober 1947, habe ich bei meinen Eltern eingenommen. Es kann sein, dass ich wegen der Vorkommnisse etwas erregt, zerfahren war, aber weder meiner Mutter noch meinem Vater ist etwas aufgefallen.

Meine Eltern haben mich gefragt, ob die Marie wieder fort sei, was ich, wie immer, bestätigte. Tatsächlich war meine Frau in den letzten Wochen meist unterwegs gewesen. Von einer richtigen Ehe konnte keine Rede mehr sein.

Aber ich versichere Ihnen, Herr Richter, dass meine Eltern in diesen Tagen, da ich öfter bei ihnen war, nichts von der Bluttat ahnten.

Auf dem Heimweg in meine Wohnung begegnete mir Frau Eberhard. Sie erzählte, dass in der Stadt das Gerücht umgehe, ich hätte meine Frau beseitigt. Ich sagte, im Gegenteil, ich suche meine Frau selbst und wollte sie fragen, ob sie nicht wisse, wo sie ist.

So ging das nicht weiter. Die Zeit drängte, das Geschwätz und die Gerüchte wurden immer stärker. Ich musste zusehen, dass ich die Leiche meiner Frau unauffällig aus der Wohnung brachte. Ich hab' mir hin und her überlegt, wie das zu geschehen habe, kam aber zu keinem Entschluss. Die Leiche der Marie lag noch immer in meinem Schlafzimmer neben der Tür.

Ich habe nach meiner Rückkehr das Fleischerbeil abgewaschen, die Schuhe meiner Frau vom Blut gereinigt und das Gesicht von der Marie abgewaschen.

Der Richter sah, wie Melchior stockte. Er war weiß wie der Tod, fuhr dann aber in seinem Geständnis mit tonloser Stimme fort:

Dann musste ich das Blut aus meiner Wohnung bringen. Das war nicht leicht, weil das Blut teilweise schon eingetrocknet war. Ich brauchte für die Reinigung der Wohnung den ganzen Nachmittag.

Abends bin ich früh zu Bett gegangen. Ich konnte aber keine Ruhe finden, weil ich ständig daran denken musste, wie ich die Leiche meiner Frau aus der Wohnung schaffen sollte. Länger konnte ich die Marie nicht daheim behalten, weil die Gefahr zu groß war, dass eine fremde Person dadurch von der Tat erfuhr. In mir ist der Entschluss gereift, die Leiche meiner Frau zu zerlegen und die Leichenteile dann im Handwagen meiner Eltern zum Altrhein zu fahren.

Als ich am Morgen des 27. Oktobers aufwachte, habe ich mich zunächst davon überzeugt, dass die Blutspuren in meiner Wohnung notdürftig beseitigt waren.

Dann kam mir plötzlich der Gedanke, dass ich die Leichenteile meiner Frau kochen und dadurch beseitigen könnte. Die gekochten Leichenteile wollte ich ganz klein zerschneiden und sie in den Abort werfen.

Ich habe zunächst mit dem Schlachtermesser den Kopf meiner Frau abgetrennt. Ich legte den Kopf in das kochende Wasser, das auf dem brennenden Gasherd stand. Nach etwa einer halben Stunde schaute ich nach dem Kopf. Ich musste feststellen, dass sich die Kopfhaut gelöst hatte. Auch waren die Augen verschwunden.

Während der Kopf kochte, habe ich mit dem breiten Schlachtermesser die Leiche zerkleinert. Meine Absicht war, auch die Eingeweide im kochenden Wasser zu zerkochen.

Ich konnte beim Zerschneiden des Herzens nicht mehr weitermachen. Die Sache ist mir zu nahe gegangen.

Ich verstümmelte dann die Leiche, dass man sie später nicht wiedererkennen konnte.

Mit dem Kochen kam ich nicht weiter. Ich schüttete den Inhalt des Topfes in einen Ascheneimer und die anderen Leichenteile in eine große Zinkwanne.

Ich habe alles mit einem großen Papiersack abgedeckt. So konnte man nicht sehen, was in dem Wagen war.

Ich bin dann zum dann um Altrhein gefahren, und zwar in Richtung Berghausen, quer durch die Stadt. Aber niemand hat mich angehalten.

Bis ich auf freiem Feld an einen Kleeacker kam. Auf ihm ist mir ein Mann mit seiner Tochter begegnet. Ich kannte ihn vom Sehen, wusste aber nicht, wie er hieß.

Er fragte mich, was ich auf dem Handwagen habe.

Ich sagte ihm, dass ich für eine alte Frau, die in der Nähe der Kaserne wohnt, aus Gefälligkeit Schutt mitgenommen habe. Den wollte ich nun auf den Schuttplatz bringen. Der Mann schien meine Geschichte geglaubt zu haben. Er zeigte mir den Weg, der zum Schuttplatz führt.

Ich fuhr über den Kleeacker und kam zum Altrhein. Hinter dem Hochwasserdamm befinden sich zwei Wasserlöcher. Ich hatte beim zweiten Wasserloch hinter dem Deich mehr Deckung. Vorsichtshalber fuhr ich mit dem Handwagen weit in das Schilfgras hinein.

Ich habe die Leichenteile in das Wasser geworfen.

Das Loch ist ziemlich groß, und ich nehme an, dass es auch tief ist.

Die Leichenteile sind sofort untergegangen, die Gedärme aber schwammen oben.

Den Papiersack und die Zinkwanne habe ich wieder mitgenommen.

Ich war in den nächsten Tagen sehr unruhig, weil ich immer noch befürchten musste, dass man die Gedärme auf dem Wasser schwimmen sah und so auf die Tötung kommen konnte. Je länger es aber ruhig blieb, umso ruhiger wurde ich.

Als ich dann am 18. November 1947 durch die Kriminalpolizei abgeholt wurde, war ich völlig überrascht. Ich habe die Tat fest geleugnet, weil ich im guten Glauben war, dass es nicht möglich ist, nach den Leichenteilen festzustellen, dass es sich um meine Frau gehandelt hat.

Als ich aber hörte, dass man auch meine Mutter ins Gefängnis geschafft hat und sie meinetwegen eingesperrt ist, unschuldig, habe ich mich entschlossen, die Wahrheit zu sagen. Meine Mutter hat mit der Tat nichts zu tun. Die Tötung meiner Frau wurde von mir allein durchgeführt.

Soweit das Geständnis Melchiors.

22. KAPITEL

Es war in den Wochen zwischen Melchiors Geständnis und seinem Prozess, zwischen den Zeugenaussagen und den traulichen Weihnachtsvorbereitungen in den Familien der Kleinstadt.

Jakob und seine Freunde erwarteten wieder ein ertragreiches, weniger tränenreiches Fest. Im Paradies hat man kein Heimweh. Und Orselina ob Locarno war für die Kinder das Paradies.

An dieser Seligkeit änderte sich auch nichts durch den zartfühlenden Brief seiner Mutter, die ihm zur gelungenen Operation der Mandeln gratulierte. Da er seine Mandeln noch hatte, musste ein Missverständnis vorliegen.

Und so war es. Die Mandeloperation stand ihm noch bevor. Die postalischen Wege zwischen dem besetzten Nachkriegs-Deutschland und der freien Schweiz waren lang und kurvenreich.

Zu Weihnachten war das Wetter noch gut gewesen. Die Mädchen und Buben lagen schön eingewickelt in warme Decken auf der überdachten Veranda hinter der Villa Fragola. Gewickelt wie das Fatschenkind in der Krippe. Frische Luft - das war die Medizin für alle Lungenschwache. Gleich auch, wie das Wetter draußen webte: neblig, wolkenverhangener Himmel, Sonnenstreifen hinter den Glyzinien, Schnee auf den Palmen ...

Die Rot-Kreuz-Schwester schritt in ihrer weißen Tracht und einem Häubchen auf dem Kopf die lange Reihe der schmalen Pritschen ab. Sie schaute konzentriert auf die kleinen Mumien, die meist tief schliefen.

Nur Jakob nicht. Eigerntlich nie - bis auf ein einziges Mal. Es war kurz nach den Weihnachtsfeiertagen.

Ein altes Konditoren-Ehepaar, das in der Nachbarvilla seinen stillen Ruhestand verbrachte, hatte für alle Kinder zum Heiligen Abend mächtige Zuckertüten mitgebracht. So, wie es daheim zur Einschulung früher üblich gewesen sein soll. Und die waren randvoll süßer Köstlichkeiten.

Jakob hatte eben an jenem winterlichen Tag ein großes, schwarzes Zuckerbrikett mit in die luftige Kur genommen. Das riesige Ding lag schwer wie ein Kieselstein in seinem Mund. Und Jakob spürte selig, wie die süße Flut seinen Gaumen berührte und die Zunge überströmte.

Das Glück währte nicht lange. Unter dem prüfenden Blick des Schwester-Fräuleins, in guten Stunden auch Tante Elsa genannt, stellte sich Jakob schlafend. Und da er es immer schon gut verstand, vor allem in unangenehmen Schulstunden, sich eine Mimikry überzuhängen wie einen Wunschmantel, so entspannten sich auch jetzt seine Gesichtszüge. Der Atem wurde flacher, die Augenlider schwerer; der echte Schlaf war ganz nah. Bis, ja, bis der Zuckerbrocken in die Kehle rutschte und dort steckenblieb.

Jakob geriet in Panik. Er glaubte zu ersticken. Schlucken konnte er das Zuckerding nicht. Dazu war es zu groß. In den Mund bekam er es auch nicht zurück. Denn dann hätte er husten und würgen müssen. Und das Schwester-Fräulein stand konzentriert vor der Reihe der Pritschen. Es waren lange, qualvolle Minuten, die Jakob durchstand.

Und dann muss er doch eingeschlafen sein. Einmal in den vielen Nachmittagen auf der luftigen Pritsche. Wohl aus Erschöpfung.

*

Zwei wichtige Ereignisse standen bevor. Fasnacht und dann, gleich darauf, Jakobs Mandeloperation.

Wie zum Trost vor den drohenden Gefahren des weißen Krankenhauses in Muralto, hatten die guten Betreuerinnen für Jakob und alle Gefährten, die mit ihm bangten, einen Tag voll schöner Erlebnisse vor die Operation gelegt.

Die Natur war in ein herbstlich-mildes Licht getaucht. Die Kinder schritten auf dem schmalen Felsweg zu den Wasserfällen von Brione wie durch eine fahle Morgendämmerung. Tessiner Winter. Es war nicht kalt. Und dennoch fröstelten sie, als sie vor dem seildünnen Wasserstrahl standen, der sich von hoch oben herab über den Felsen stürzte. Eine kaum spürbare Wehe von Wasserstaub waberte ihnen entgegen.

Sie kehrten bald um und steuerten den warmen Kakao-Tassen und der Fasnacht entgegen.

Locarno hatte sich kaum verändert. Wenn man von oben herab kam, über die Hänge des unbebauten Berges, von Orsolina über Muralto, über ausgebrochene Steinstufen und Ziegenwege, vorbei an traurigen Palmen, die ein brüchig-dünnes Hütlein von unwirklichem Schnee auf ihren starren Fächern trugen, dann hatte sich die Stadt gar nicht verwandelt.

Die Abenddämmerung kam schon vor fünf Uhr an diesem trüben Tag. Die schmalen, hohen Gassen führten wie durch Schluchten zum Markt. Dahinter lag der See. Fahl wie schwarzes Blei. Leblos, ohne Widerschein.

Dem Stadtzentrum zu hörte man die ersten Stimmen. Die Menschen liefen in Familien- und Freundesgruppen dahin. Fröhlich und guter Dinge. Aber, wie die rheinischen Kinder fanden, völlig unfasnachtlich. Sie hatten alle, wie sie selber auch, ihre alltäglichen Kleider an. Nicht einmal herausgeputzt waren sie, die Männer, Frauen und Kinder. Aber sie gingen schwatzend und lachend ihrem Ziel entgegen, dem Häuser umstandenen Marktplatz zu.

Stärker noch als die Stimmen umfing und umfloss die Mädchen und Buben, aber vor allem Jakob, der die guten Eindrücke begehrlichen Lebens zuerst über die Sinne empfing - über die Nase und den Geschmack - , eine Wolke von Knoblauch und Safran, von Zwiebeln und gebratener Butter.

In der Mitte des Platzes stand ein riesiger Eisenkessel über leckenden Flammen; Männer rührten mit langen Holzlöffeln darin, die Hemdsärmel aufgekrempelt, farbige Tüchlein um den Hals.

Sie rührten das Risotto.

Daneben standen, an einem etwas kleineren Kessel, einige Frauen und beobachteten das Sieden der Knoblauchwürste.

Jedes der Kinder bekam am Eingang gegen einen Franken, den ihnen vorher das Schwester-Fräulein vertraulich zugesteckt hatte, einen länglich-eckigen Pappteller und dazu eine kleine Holzkelle. Jakob und seine Freunde durften sich an der langen Reihe der Wartenden anstellen. Sie waren kaum als deutsche Nachkriegskinder zu erkennen. Die Windblusen und Hosen, die Röcke und die festen Schuhe waren meist feiner als die der kleinen Locarnesen.

Ein kräftiger Schlag Risotto auf den Teller und dazu von der Nachbarin eine fette Knoblauchwurst - Jakob fühlte sich nach dem ersten Riechen und dem ersten Bissen in einem besonderen Himmel.

Hier auf diesem Platz, in dieser Dämmerung, in dieser animierten, unmaskierten Menschenmenge, hätte er bleiben können. Für immer.

Und später, wenn er sich daheim vor dem Einschlafen die ewige Glückseligkeit vorstellte, dann rückte sie in allernächste Nähe zum fasnachtlichen Locarno, zu klebrigem Risotto und fetter Knoblauchwurst.

23. KAPITEL

Die Straße von Locarno bog in eleganter Schleife nach Muralto hoch. Nach der flachen Kurve erschien ein gepflegter Garten. Mit kurz geschorenem Rasen und hohen Palmen. Im Sommer standen gewiss einige aus dem Wintergarten herbeigeschleppte Bananenstauden daneben. Der Frühlingsflor leuchtete noch nicht in all den tessinischen Farben.

Dahinter erhob sich ein flacher, zweigeschossiger Bau. Das Krankenhaus St. Francesco.

Es war Jakob recht, dass man das Hospital nach seinem Lieblingsheiligen benannt hatte, dem heiligen Franziskus.

Eine Schwester führte ihn ins Krankenzimmer, das zwei Betten hatte. Sie gab ihm freundlich Anweisungen, wie er sich vor der Operation zu verhalten habe. Er müsse „ungespiesen“ erscheinen. Jakob sah sie fragend an. Das deutsch-schweizerisch guttural ausgesprochene „ungespiesen“ war ihm fremd.

Der Bettnachbar, ein älterer, ungewöhnlich bleicher und hagerer Mann, erklärte ihm:

„Die Schwester meint, du sollscht net esse vor de Oberation. Am beschte, schon heut' Abend nix ...“

Die Schwester nickte zustimmend, und Jakob blickte verblüfft zu dem Kranken hin. Der Dialekt ähnelte stark dem seinen.

„Gell, Sie sind auch Deutscher?“, fragte er vorsichtig.

„Ei freilisch, net bloß Deutscher, noch en näherer Landsmann. Isch komm, üwwer Umwege, aus Mainz, aus Määnz, genaugenomme, aus Gonsenheim, aus Gunsenum, wie mir saachen.“

Jakob freute sich über die heimatlichen Laute, die ihm die Aufregung vor der morgigen Mandeloperation etwas nahmen. Er räumte still den weißlackierten Schrank ein.

*

Die Mandeloperation am folgenden Morgen war eine angenehme Überraschung. Ihm erging es anders als seinen älteren Geschwistern, Jahre zuvor daheim. Ihnen waren die Mandeln stets von einem grobschlächtigen Hals-Nasen-Ohren-Arzt nach Verabreichung einer - mindestens einer! - kräftigen Ohrfeige und ohne Narkose herausgeschnitten worden. Ihm, dem Jakob, genehmigte der Chirurg eine Vollnarkose. Ein stattlicher Pfleger wickelte ihn ganz in weißes Linnen und setzte ihn auf seinen Schoß. Er hielt Jakobs Kopf zurück und sorgte dafür, dass seine Zunge beim Operieren nicht störte. Aber alle diese Details erfuhr er erst, als er wieder aufgewacht, von der großen weißen Wolke sanft in die Gegenwart zurückgeglitten war, und vor sich eine Nickelschale mit zwei blutigen Brocken sah.

„Ja, das sind deine Mandeln, Jakob“, sagte der Operateur bedächtig. „Es war Zeit, dass sie herauskamen. Das waren arge Störenfriede.“

Jakob nickte, die Augenlider flatterten, und schon war er wieder eingeschlafen.

Erst in seinem Bett, ganz am späten Nachmittag, die Dämmerung stand schon im Fenster, da wachte er wieder auf. Mit einem stechenden Schmerz im engen Hals und einem gewaltigen Durst.

„Bist wieder da, gell? Die Mandle, die waren halt im Hals. Un das tut immer weh. Geht's jetzt besser?“, fragte der Mainzer Zimmernachbar.

Jakob nickte sparsam. Er war noch zu schwach zum Reden. Die Hände lagen brav auf dem weißen Leinen, der Blick war streng an die Zimmerdecke gerichtet.

„Ja, es geht besser“, krächzte er. Der Hals tat höllisch weh.

„Na, morgen, da werden wir uns schon perfekt unterhalten“, sagte der Mainzer. „Ich freu' mich drauf. Jetzt aber tät' ich schlafen. Das tut am wenigsten weh. Wirst sehen.“

Jakob machte die Augen zu. Er versuchte, nicht zu schlucken. Vor ihm tauchte seine Familie auf. Er wollte nicht schlafen.

Wie es wohl jetzt war, daheim?

Gab's mehr zu essen? War der Karl schon im Abitur? Hatte Adam die Schule durchgeboxt? War die Tilde noch im Sanatorium, wegen ihrer Lunge?

Die Eltern schrieben kaum etwas davon.

Hatten Katche und das Bärbelchen immer noch den gleichen Ärger in der Klosterschule? Konnte das Bärbelchen endlich die Schuhe binden? Zog sie den linken nicht mehr rechts an und den rechten links?

Und was machte Irma, das Kindermädchen? Immer noch wild am Tanzen und Schlagersingen? Und manchmal auch am Heulen, wenn's um die Freundinnen ging ...?

Papa schrieb gar nichts, was von seiner Produktion handelte. Mit den Madonnen und den Pacher-Engeln ging's nicht mehr so gut, seit die Währungsreform die D-Mark gebracht hatte. Die Leute fanden jetzt Essen und Kleider in den Auslagen der Geschäfte. Zum ersten Mal seit Kriegsende. Und Jahre davor: Kunstgewerbe, Hinterglasbilder und Engelsköpfe - die wollte jetzt auf einmal niemand mehr. Früher, in der R-Mark-Zeit, da hatten sie Schlange gestanden. Quer durch den Garten, bis auf die Straße hinaus. Und nun: Schluss. Niemand wollte mehr Engel. Das hatte er noch mitbekommen, im November 1947.

Jetzt wollte Papa Kaugummi produzieren; Kaugummi namens Texas. Kriegsversehrten ohne Bein und Arm wollte er die Holzprothesen mit einem weichen Gummi-Ersatz auspolstern. Nicht mit Kaugummi. Eigens dafür, und für die Kaugummis, hatte er noch kurz vor der Währungsreform einen teuren Dreiwalzenstuhl angeschafft. Eine imposante und schwere Maschine.

Nach der Währungsreform kam die Rechnung: 24.000 Mark. D-Mark. Als daheim kein Geld mehr im Kasten war.

Jakob grübelte mit schwerem Kopf und schmerzendem Hals und immer schwereren Augenlidern.

Und was war mit Melchior und der Bella Marie?

Tot war sie ja, das hatte er zwischen den Zeilen aus Katchens kleinem Briefanhang herausgelesen. Tot, aber wie und warum?

Und was mochte nun der Kaplan, der Günther, im hohen Dom dazu predigen? Etwas wie damals, wie in den Schlagern Irmas? Als er, sehr zum Entsetzen der frommen Gemeinde, behauptete: „In der Nacht ist der Mensch nicht gern alleine ...“ und: „Kann denn Liebe Sünde sein?“

Jakob hörte noch Irmas helles Lachen beim Geschirrspülen.

Dann schlief er ein. Völlig erschöpft und ohne Nachdenken.

24. KAPITEL

Morgens, in aller Frühe, da wachte Jakob auf. Er hörte nicht die fremden Vogelstimmen. Er war überhaupt noch nicht ganz da. Und immer flimmerte das Daheim aus den Wachträumen durch seinen dumpfen Kopf. Er hatte einen brennenden Durst.

Er sah hinüber zu seinem Mainzer Nachbarn. Der würde noch schlafen zu dieser frühen Stunde. Der Mann lag aber wach. Er blickte zur weißen Decke empor und murmelte etwas vor sich hin. Mit leerem Blick.

Jakob rührte sich. Er strich die Decke glatt, seufzte ein wenig.

Der Mann erwachte aus seiner Kontemplation und der Furcht vor einem baldigen Ende. Er schaute zu Jakob hinüber und fragte:

„Gell, du hast Durst?"

Jakob nickte.

„Na, da werden wir schnell die gute Nachtschwester rufen." Er hatte noch nicht lange die Klingelschnur in der Hand, als die Schwester auch schon erschien.

„Fehlt dir was?", fragte sie besorgt. „Hast du geblutet?"

Jakob schüttelte den Kopf und flüsterte: „Durst, ganz arg ..."

Die Schwester kam zu ihm und sagte: „Mach mal deinen Mund auf."

Jakob reagierte bereitwillig. Sie leuchtete mit einer kleinen Lampe in seinen Hals.

„Sieht ganz gut aus. Ich glaube, jetzt können wir behutsam mit Ovomaltine beginnen."

Die „Omavoltine", wie der Mainzer täglich mehrfach mit kindlicher Freude sagte, bekam Jakob ausgezeichnet. Aber sonst bekam er nichts.

„Das ist wegen der Narbenbildung“, sagte ihm der Arzt. „Je weniger grobe Narben, umso besser für dich. Du wirst es mir einmal danken, auch wenn du nicht mehr weißt, warum ...“

*

Wenige Tage später, Jakob war schon sichtlich auf dem Damm, da fragte der Zimmernachbar: „Wie alt bist du denn, Jakob?“

„Zehn, im April werde ich elf.“

„Da kannst du ja schon ganz gut lesen, oder?“

„Klar, ganze Bücher. ‚Tom Sawyer und Huckleberry Finn‘ zum Beispiel.“

„Donnerwetter“, heuchelte der Mainzer, der offensichtlich etwas auf der Seele hatte. „Liest du auch schon die Zeitung?“

„Ja, jeden Tag. Was so in der Stadt geschieht und auf den Dörfern ringsum. Und dann die Pfälzer Wochenendbeilage. Vor allem die Witze ...“

Der Mainzer Patient sah vorsichtig zur Tür, ob niemand mithörte, dann berichtete er:

„Weißt du, mit den Zeitungen hier, das ist so eine Sache. Die meisten sind in Italienisch gedruckt, und wenn man mal eine deutschsprachige in die Hand bekommt, dann stehen halt auch nur Schweizer Geschichten drin. Dass sich eine Kuh am Rigi ein Bein verstaucht hat oder Geschichten aus der Schweizer Politik. Und das interessiert einen Deutschen kaum. Deshalb habe ich meine Frau gebeten, ab und zu einmal eine Heimatzeitung zu schicken oder wenigstens ein paar lokale und regionale Seiten. Und das tut sie, wenn auch versteckt. Man kann nie wissen. Die Schweizer sind misstrauische Leute. Die haben uns das Dritte Reich und den Krieg nicht vergessen. Denken immer gleich an Spionage. Deshalb lässt sich meine Frau jedes Mal was Neues einfallen. Mal liegen einige Seiten im doppelten Boden eines Pappkartons, mal, und das sind die beiden neuesten, zerknüllt sie zwei, drei Seiten und stopft sie in die selbst gestrickten Pantoffel ...“

„Der reinste Kriminalroman“, staunte Jakob.

„Ja, wie von Edgar Wallace“, kam das Echo von der Mainzer Seite.

„Neulich, da stand was aus eurer Stadt drin. Wird dich aber nicht interessieren. Es waren zwei Prozessberichte. Schlimme ... Nein, dafür bist du noch zu klein“, murmelte der Mann.

Jakob ahnte, worauf er hinauswollte. Forsch fragte er: „Stand was in der Zeitung vom Prozess wegen der toten Marie Melchior?“

Der Mann, verblüfft: „Ja, das weißt du?“

„Natürlich, Melchior und Marie wohnen, nein, wohnten genau hinter unserem Haus, über der Stadtmauer. Ich hab’ sie gekannt. Beide.“

Der Mann wurde verlegen. Er hätte nicht von diesem schrecklichen Prozess anfangen dürfen. Nun wollte der Junge alles wissen. Vielleicht sogar die Berichte lesen.

„Und, was steht drin, über Marie und ihren Mann?“, fragte Jakob.

„Außer dem Mord, den Melchior an seiner Frau begangen hat, geht es um Probleme, die du nicht verstehen kannst. Es ist eine verteufelt schlimme Geschichte. Ich hätte besser nicht davon angefangen ...“

„Machen Sie sich da keine Sorgen“, sagte Jakob schlicht. „Ich weiß wahrscheinlich mehr über die Sache, als in der Zeitung steht. Daheim wird nicht viel von diesen Geheimnissen geredet. Aber manchmal hab’ ich ein paar Wortfetzen aus Gesprächen zwischen meiner ältesten Schwester und unserem Dienstmädchen aufgeschnappt, und dann hört man in der Schule ja einiges.“

„In der Schule? In der wievielten Klasse bist du denn?“

Jakob: „Immerhin in der vierten. Und das ist keine Kinderschule. Die Buben aus der Altstadt, wo wir wohnen, die wissen mehr, als man denkt.“

Der Kranke sah ihn verwundert an:

„Weißt du, ich war im Krieg, an einigen Fronten. Da hat man Schlimmes gesehen und mitgemacht. Aber das war der Krieg. Nun, denkt man, ist Frieden, oder wenigstens kein Krieg mehr. Und da passieren noch immer solche schreckliche Sachen.

Jakob, Jakob, wann kommt denn endlich die gute, die bessere Zeit? Die Menschen sind nicht besser geworden. Sie sind genauso schlimm wie im Krieg. Nur mit anderen Mitteln. Sie schießen nicht mehr mit Gewehren und werfen keine Bomben. Aber sonst?“

Es folgte ein langes, schweres Schweigen zwischen den beiden.

Plötzlich sagte der Mainzer entschlossen: „Du bist schon ein großer Bub. Das hab’ ich jetzt verstanden. Lies die Berichte. Aber erst, wenn du ganz gesund bist. Dann kannst du mich fragen, wenn du etwas nicht verstehst.“

„Wenn ich ganz gesund bin, dann komme ich heim. Dann kann ich Sie nicht mehr fragen. Ich bin so gut wie gesund!“

Der Kranke richtete sich mühsam auf, drehte sich zu seinem Nachtkästchen und holte zwei Papierkugeln aus den Pantoffeln.

„Pass auf, ich werfe sie dir zu. Lass sie schnell verschwinden und mach sie erst auf, wenn keine Schwester mehr kommt; heut’ Abend.“

Jakob nickte, und dann kamen die Zeitungskugeln geflogen. Er ließ sie unter seinem weichen Kopfkissen verschwinden und nickte dem Bettnachbar lachend zu. „Gut geworfen, Nachbar.“

„Schlingel!“

„Aber Sie haben die beiden Berichte gelesen und dann wieder zusammengeknüllt. Warum?“

„Ich konnte ja nicht ahnen, dass ich einen Kameraden aus der Heimat bekommen sollte. Deshalb. Deshalb habc ich sie zusammengeknüllt. Denn zweimal lese ich das Zeug nicht. Lies es, aber bekomm keine Albträume, Bub.“

„Ich glaub’, die hab’ ich hinter mir.“

*

Und doch kam es anders.

Als Jakob am Abend, im gelben Licht der kleinen Nachttischlampe, das erste Knäuel auseinandergefaltet hatte, mit großer Mühe, da schlief der Herr Nachbar.

Die Überschrift hieß:

Die Ehetragödie Melchior.

Tragödie, das hatte er schon gehört. Daheim hatten sie Leseabende mit Paul Claudel. Dem eben nach dem Krieg Entdeckten. Da war von Traurigkeit die Rede, vom Christlichen Glauben. Von der Schuld und von der Sühne. Und dann las man von Elisabeth Langgässer, vom „Unauslöschlichen Siegel". Er hatte den Vater danach gefragt. Und der hatte gesagt, dass jeder Getaufte, jeder Christlich Getaufte, ein unauslöschliches Siegel in sich trage. Jeder, auch wenn er Schuld auf sich geladen hatte.

Hatten Melchior und Bella Marie ein Siegel, das sie nicht ausbrennen konnten? Von Melchior wusste er es nicht genau. Vielleicht war auch er getauft.

Marie, das hatte er gehört, war, nachdem sie in seine Stadt kam, in einer katholischen Jugendgruppe aufgetaucht. Sie hatte sich, unscheinbar und schmal, mit anderen jungen Leuten getroffen. Gleich nach dem Krieg. Sie war Bedienung im „Goldenen Lamm". Das war schon eigenartig. Dennoch hatte sie nie versucht, sich an einen der jungen Männer heranzumachen. Sie war still und unscheinbar. Saß dabei, hörte zu, wie die anderen ihre religiösen Gedanken austauschten, hatte niemals einen Gedanken beigetragen. Jeder dachte, die Marie, die ist still und schüchtern. Niemand hatte gefragt, wo sie herkomme.

Und eines Tages war sie nicht mehr gekommen.

Niemandem war das wirklich aufgefallen. Niemand hatte sie wirklicht vermisst. Bis einmal der Walter, ein junger Kriegsheimkehrer, gesagt hatte: „Die Marie, die geht einen unguten Weg. Sie bedient im ‚Lamm', und sie hat Freunde ..."

Schließlich hatte sie, noch ganz jung, den Melchior geheiratet. Er stammte, wie sie, aus dem Saarland. Sie war allein, hatte keine Eltern mehr, war im Heim aufgezogen worden und suchte nun einen festen Halt.

*

Abends, als die Nachtschwester leise hereingetreten war und sah, dass die beiden schliefen, da hatte sie die Lampe gelöscht und war still aus dem Zimmer gegangen.

Der Mainzer Nachbar schlief. Er gab rüttelnde Schnarchgeräusche von sich.

Jakob knipste vorsichtig sein Nachtlämpchen an und holte den ersten Zeitungsbericht wieder unterm Kopfkissen hervor. Es war schwierig, die kleinen Druckzeilen zu entziffern, die unter dem Geknitter oft nur halbe Buchstaben sehen ließen. Die Überschrift von der Ehetragödie des Melchior war gut zu erkennen. Dann folgten die kleinen Buchstaben:

Melchior im großen Mordprozess -
Der Angeklagte schwer belastet.

Jakob las, wie im Fieber:

Am Dienstagvormittag begann im Großen Saal der Verwaltungsakademie die Hauptverhandlung gegen den 38-jährigen Viehkastrierer Edwin Melchior, angeklagt des Mordes (Par. 211 des StGB). Melchior hatte am 25. Oktober 1947 seine 21 Jahre alte Ehefrau Marie geb. Schranne in der ehelichen Wohnung mit einem Fleischerbeil erschlagen, am nächsten Tag die Leiche in kleine Teile zerstückelt und sie anschließend in einem Altwasser versenkt. Die bald darauf erfolgte Entdeckung von Tat und Täter hatte in der Bevölkerung von Speyer und des Umlandes eine ungeheure Erregung ausgelöst, die jetzt in der großen Anteilnahme an der Verhandlung ihren Niederschlag fand. Dabei war freilich eine abstoßende Sensationsgier bei vielen nicht zu verkennen ...

Jakob stellte sich den Großen Saal vor, den größten in der Stadt. Er hatte, wie er vermutete, als einzige Ausweichstätte zur Verfügung gestanden, weil im Gerichtsgebäude die Räume zu klein waren, all die Neugierigen aufzunehmen. Jakob kannte diesen Saal. Er war früher der Mittelpunkt der Lehrerbildungsanstalt.

Der Vater hatte ihn einmal hinaufgeführt; gleich, nachdem sie aus dem kleinen Grenzdorf heimgekommen waren. Der Vater hatte noch den alten Hausmeister gekannt, den Hausmeister aus seiner Schulzeit als Seminarist. Der hatte sie in die alten Klassenräume geführt, die nun leer waren und staubig, mit blinden Scheiben auf die Straße hinaus.

Die Franzosen hatten dieser Idylle ein Ende gemacht. Nach dem Vorbild ihrer Verwaltungsschulen hatten sie hier eine Akademie gegründet. Nun war alles anders.

Dem Artikel war ein Bild beigegeben. Das einzige in der ganzen Zeitung. Es war ein Foto von Melchior, wie er von zwei jungen Polizeibeamten durch die Weißdorngasse aus dem Gerichtsgefängnis geführte wurde.

Melchior, diesmal ohne Stock, lief die schmale Gasse entlang. Dahinter die Meute der Neugierigen. Er genoss sichtlich diesen Ruhm. Er lächelte still und blöd.

Ein Stückchen vor ihm lief eine junge Frau in einem metallisch glänzenden Mantel und mit stark gepudertem Gesicht. So lief keine normale Frau in der Stadt. Woher hätte man einen Lackmantel nehmen sollen? Jakob dachte, dass sie eine frühere Freundin Melchiors sei, die nun als Zeugin aufgerufen war. Sie hatte ein starres, aufmüpfiges Gesicht. Sie unterschied sich deutlich von den anderen Frauen, die hinten in der Masse liefen.

25. KAPITEL

Der Hörsaal wurde zum Gerichtssaal. Der graue, kaum abgestaubte Raum wurde zum Zentrum der kleinen Stadt. Sie saßen dicht gedrängt, die Schau- und Hörlustigen, jene, die das Gruseln lernen wollten. Manche, die Marie gekannt hatten. Andere wieder, bei denen der Melchior vorbeigekommen war, um ihre Böckchen und Ferkel zu kastrieren.

Nüchtern, wenn er das war, legte er die Zangen um das Geschlecht und knipste einfach ab, was an Männlichkeit zuviel war. Das Leiden, das Blöken der Böckchen, das Schreien der kleinen Ferkel, das hatte er nie gehört. Er vollzog sein Geschäft, kassierte in Mark und in Wein, manchmal auch in Fleisch oder Kartoffeln, und dann ging er. Hinkend, schwer am Stock hängend. Da ging er, der Weiberheld, der nie genug kriegen konnte. Der für alles bezahlte.

Melchior wurde unter Murmeln und Murren hereingebracht. Die beiden jungen Polizeibeamten führten ihn an lockeren Handschellen auf seinen Platz vor der Richterschranke.

Auch jetzt zeigte Melchior kein Gefühl. Aber er war Mittelpunkt. Fast hätte er gegrinst.

*

Was Melchior nicht wusste, wohl auch verdrängte, das war Maries Beerdigung.

Kaum war die Autopsie beendet, die Todesursache auf dem blanken Zinktisch festgestellt, wurde sie, oder das, was von ihr erkennbar und zuordenbar war, in einen einfachen Tannenholzsarg gelegt und zu Grabe getragen.

Die Verantwortlichen, die Politiker zumal, hatten dafür gesorgt, dass dies alles ohne Aufhebens passierte.

Der blanke Sarg wurde vom Friedhofswärter selbst hinausgerollt. Die Amtlichen wollten es so. Und er hielt den Mund. Er wusste, worum es ging. Es war jede Sensation zu vermeiden. Er hatte, anonym gewissermaßen, wenige fünfzig Meter von der Leichenhalle, wo man die Reste der Marie beäugt und bezeugt hatte, eine Grube ausheben lassen. Sie lag im Schatten einer großen Tanne. Und da wurde sie begraben.

Der Priester, der flüchtig in das Drama eingeweiht war, hatte seine Pflicht getan, seine Gebete gesprochen, seinen Segen gegeben. Messdiener waren dafür nicht notwendig.

Maries Grab lag an der Scheidewand zum übrigen Friedhof. Hinter einer Heckenreihe, die den bürgerlichen vom französischen Teil trennte. Und der war, zufällig, nur wenige Meter vom Friedhof der afrikanischen Hilfstruppen der französischen Armee getrennt. So ruhte Marie gleich neben den Totenbrettern der marokkanischen Begräbnisstätte.

Es war keine Absicht dabei. Der Platz war so still, ihr Kreuz so unscheinbar, ihr Name so blass aufgemalt, dass kaum jemand einen Zusammenhang zu ihren irdischen Verbindungen herstellen konnte. Die Marokkaner waren so fremd, ihr Totenfeld so abgegrenzt, dass niemand je hinging. Die Deutschen nicht und die Franzosen auch nicht.

Und in dieser Stille, die niemand bemerkte, ruhte die Marie.

*

Das waren freilich keine Fragen, die irgendjemanden im Gerichtssaal interessierten. Melchior schon gar nicht.

Der Richter eröffnete die Verhandlung. Alle standen auf. Der Prozess nahm seinen Lauf.

Jakob, noch immer im Krankenbett, konnte ihn in den beiden zerknüllten Zeitungsausschnitten nachverfolgen. Da hieß es:

Das Gericht begann, unter Vorsitz von Landgerichtsdirektor Dr. König, den Prozess mit der Vernehmung des Angeklagten. Dessen Aussagen sowie die Erläuterungen und die Verlesung von Protokollen durch den Richter eröffneten einen Abgrund menschlichen Daseins: Auf der Seite des Angeklagten die unglückliche Ehe der Eltern, häufiger Berufswechsel, eine immer größer werdende Liste von Straftaten, die zu einer Zuchthausstrafe führten. Auf der Seite der Frau früher Tod der Eltern, Fürsorgeerziehung, schlechte Gesellschaft, schließlich Geschlechtskrankheit. Die Ehe zwischen diesen beiden Menschen, aus rein sexuellen Motiven geschlossen, verlief entsprechend. Bald kam es zum Ehebruch durch die Frau, wenig später auch durch den Mann. Die Besonderheit aber an diesem Verhältnis war - und das ist für den Täter wohl charakteristisch - , dass er, trotz des größten Luderlebens seiner Frau (M. musste die gesamte Hausarbeit selbst verrichten, die Frau war oft nächtelang nicht zu Hause usw.), doch niemals von ihr abließ. Er war ihr in triebhafter Hörigkeit verfallen.

Zur Tat selbst kam es, als der an diesem Tag schwer angetrunkene M. seine Frau aus einer Gesellschaft mit amerikanischen Besatzungssoldaten herausrief, sie mit nach Hause nahm, und diese ihn nach einer Auseinandersetzung beschimpfte ...

Jakob hatte den Artikel bis hierhin mit großer Spannung gelesen, das meiste sogar verstanden, dann aber doch innegehalten. Er las den Satz der Begegnung von Marie mit amerikanischen Besatzungssoldaten immer wieder. Die Bella Marie war Ende Oktober 1947 gestorben. Da gab es in seiner Stadt schon lange keine amerikanischen Besatzungssoldaten mehr. Er erinnerte sich gut an das Kriegsende, das er 1945, zunächst in dem kleinen Bergdorf an der französischen Grenze und dann wieder daheim, in seinem Geburtsort, erlebte.

In den späten Märztagen rollten amerikanische Panzer von Norden her auf die Stadt zu. Der Gefechtslärm war kurz und lebhaft. Aber schon zwei Tage später hielten die neuen Besatzungskräfte ihren ersten Gottesdienst in der kleinen Kirche am Rande des Ortes ab.

Jakob weiß das ganz genau, weil es ihm und seinen Geschwistern einige Tage gut ging. Die Amerikaner waren großzügig, verschenkten Schokoladenriegel an die Kinder und ließen auf dem Festplatz nach ihrem Abrücken eine Menge nicht gebrauchter Lebensmittel zurück.

Schon an Ostern waren die Franzosen da. Und im Mai bekamen Jakobs Eltern französische Pässe. Der amerikanische Ortskommandant hatte erklärt, sie würden von den Franzosen abgelöst werden. Und seitdem waren die Franzosen da und mit ihnen die Marokkaner. Seit Mai 1945.

Und mit ihnen Maries Freunde.

Der Zeitungsschreiber musste sich verhört haben. Für Jakob stand fest, dass Marie ihren Ehemann im Beisein der marokkanischen Freunde beschimpft hatte.

Dann heißt es in dem Zeitungsausschnitt wörtlich weiter:

Daraufhin will der Angeklagte im Affekt das zufällig daliegende Beil ergriffen und einige Male sinnlos zugeschlagen haben. In diesem entscheidenden Punkte wie auch in einigen wesentlichen anderen setzte sich M. in Widerspruch zu früheren Aussagen.

Nachdem er die Nacht über „gut" geschlafen hatte, ging der Täter im Laufe des kommenden Tages daran, die Spuren seiner Tat zu beseitigen ... Es muss hier davon Abstand genommen werden, die Scheußlichkeiten zu beschreiben, die der Angeklagte beging, um sich vor der Entdeckung der Tat zu sichern ...

Jakob folgt mit müden Augen im schwachen Licht der kleinen Nachttischlampe den auf- und abhüpfenden Buchstabenreihen der zerknitterten Zeitung. Dies und die ihm fremde Zeitungssprache machen es Jakob schwer, den ganzen Hintergrund der Tat zu verstehen. Er überlas die Angaben des Sachverständigen; es war der bayerische Amtsarztfreund des Vaters. Der berichtet über die Sektion und gibt anhand dieser Erkenntnisse den wahrscheinlichen Tathergang an.

Es folgen Aussagen des psychologischen Gutachtens, in dem Melchior schwer belastet wird. Der Gutachter bezeichnet ihn als einen Menschen von einer abnormalen Triebhaftigkeit und Gefühlskälte, der die Tat ohne innere Abscheu und Scham begangen und auch heute noch kein Empfinden für die Scheußlichkeiten seiner Tat habe. Der Gutachter nennt Melchior „voll zurechnungsfähig“. Die Tatsache, dass er vor dem Verbrechen getrunken habe, schließe seine volle Verantwortlichkeit nicht aus:

Bei dem Angeklagten handelt es sich um einen primitiven, charakterlich auf einer niederen Stufe stehenden Menschen, der strafrechtlich für seine tierische Tat verantwortlich ist.

Das war der Gutachter, und dies war der erste Verhandlungstag, wie ihn der Berichterstatter wiedergegeben hatte.

*

Jakob legte die beiden Artikel müde in sein Nachtkästchen und knipste die Lampe aus.

Der Mainzer Nachbar schlief schlecht. Sein Atem ging schwer. Oft rang er nach Luft. Er war zu schwach, trotz dieser Qualen aufzuwachen. Vorhin, beim Abendessen, da hatte er noch ein gesundes Aussehen gehabt. Das Gesicht war rosig durchblutet, seine Augen klar, fast fiebrig hell, seine Bewegungen sicher.

„Ach, Jakob“, hatte er gesagt, „ach, Jakob, die Määnzer Fasenacht ...“ Seine Augen wurden froh, fast hätte er glücklich gelacht.

Und dann, bevor das große Licht von der Schwester gelöscht wurde, hatte der Mainzer nicht mehr gesprochen. Er lag still im Bett. Das vordem rosige Gesicht kontrastierte nun gelb zum weißen Kopfkissen. Die Lippen waren fahl. Die Haut straff über Stirn, Nase und Kinn gespannt.

Das war vorhin. Nun, nach der Lektüre, war Jakob erschöpft. Er fiel in einen tiefen, traumlosen Schlaf.

*

Jakob wachte auf, als er hart rollende Räder hörte.

Er lag so tief im Halbschlaf, dass er das Geräusch nicht bestimmen konnte.

Schließlich machte er doch die Augen auf und sah verblüfft auf die Stelle, an der gestern Abend noch der Mainzer in seinem Bett gelegen hatte.

Der Nachbar und sein Bett waren verschwunden. Nicht lange Zeit, denn da, wo das weiße Eisenbett gestanden hatte, lagen nur noch ein Paar gestrickte Hausschuhe. Daneben stand die Nachtschüssel.

Dann kam die Schwester und sah verlegen in Jakobs verschlafenes Gesicht.

„Wo ist denn der Herr Nachbar hingekommen?“, fragte der Junge erregt.

Die Schwester zögerte etwas, dann sagte sie:

„Weißt du, sein Zustand hatte sich so sehr verschlechtert, dass er verlegt werden musste. Das ging ganz plötzlich. Ich muss ihm jetzt nur noch seine Sachen nachräumen ...“

Sie nahm des Mannes Kleider aus dem Schrank, nahm die Hausschuhe und trug alles behutsam fort. Sie kam immer und immer wieder, bis nichts mehr darauf hinwies, dass hier bis vor Stunden noch ein Mensch gelegen und gelebt hatte.

Nichts.

„Wenn ich aufstehen darf, kann ich ihn dann besuchen?“, erkundigte sich Jakob vorsichtig.

„Nein, nein. Ganz bestimmt nicht“, stieß die Schwester energisch heraus. „Auf keinen Fall! Daran ist nicht zu denken!“

„Ob ich ihn noch einmal sehe, bevor ich heim darf in die Villa Fragola?“

„Nein, bestimmt nicht, Jaköble“, sagte die Schwester - jetzt mit mütterlich zarter Stimme. „Du kommst bald heim. Vielleicht schon morgen. Wenn du aber heim darfst und ich wäre nicht da, dann verlang auf jeden Fall nach mir. Vergiss es nicht. Ich will mich von dir verabschieden. Aufwiederluege sage ..."

Sie war in ihren deutsch-schweizerischen Dialekt gefallen vor Abschiedsschmerz und drückte sich dann ganz schnell aus der Tür, bevor der Junge dies spürte.

Jakob wusch sich, Jakob trank seine Ovomaltine, Jakob ertrug die kleine Visite des jungen Assistenzarztes, den eine ebenso junge Krankenschwester begleitete.

„Also, wenn's nach mir geht, dann darfscht du morge heim", sagte der Arzt. „Freuscht dich drauf?"

Ja, ja, Jakob freute sich sehr darauf, aber was war mit dem Mainzer Nachbarn? Er wollte ihn dann noch einmal sehen. Unbedingt.

Der Arzt wurde verlegen, wie vorhin die Stationsschwester.

„Nun ... das isch net mein Fall. Da kann i' gar nichts entscheide'. Es wird sich schon eine Lösung finde' lasse'. So oder so."

Jakob verstand nun überhaupt nichts mehr und spürte einen leichten Groll wegen dieser Geheimniskrämerei. Er ließ die Visite vorübergehen und suchte dann sein zweites Zeitungsblatt hervor:

15 Jahre Zuchthaus im „Mordprozess Melchior":
Das Gericht erkannte auf Totschlag -
Die Mitschuld der Erschlagenen

Und dann stand da zu lesen:

Im Mittelpunkt des zweiten Verhandlungstages im Mordprozess Melchior standen die Plädoyers von Anklage und Verteidigung. Während der Staatsanwalt alle Schuld auf den Angeklagten bürdete, seine Tat als Ausfluss der Gesamtpersönlichkeit bezeichnete, die in ihrer Tiefe und Gemeinheit nicht mehr zu überbieten sei, auf Mord plädierte und die Todesstrafe beantragte, plädierte der Offizialverteidiger des Angeklagten auf Totschlag. Man müsse die Straftat und das, was nachher geschah (die scheußliche Zerstückelung der Leiche), bei der Beurteilung „Mord oder Totschlag" scharf voneinander trennen.

Im Gegensatz zur Staatsanwaltschaft vertrat die Verteidigung die Ansicht, dass die Ehefrau des M. nicht besser gewesen sei als er und ihr gerüttelt Maß zu dem Verhalten des Angeklagten beigetragen habe. Dessen geradezu perverse Sexualität habe mit der Tat nichts zu tun.

Der Angeklagte lehnte ein letztes Wort ab und schloss sich den Ausführungen der Verteidigung an.

Am Donnerstag, gegen 11 Uhr, verkündete das Gericht folgendes Urteil:

„Der Angeklagte wird als Totschläger zu einer Zuchthausstrafe von fünfzehn Jahren verurteilt. Die erlittene Untersuchungshaft wird ihm angerechnet. Die bürgerlichen Ehrenrechte werden ihm auf fünf Jahre aberkannt. Die Kosten des Verfahrens fallen dem Angeklagten zur Last. Das bei der Tat benutzte Beil wird eingezogen ..."

Jakob hatte vieles, aber nicht alles verstanden.

Den Unterschied zwischen Mord und Totschlag wusste er nicht zu deuten. Auch las er zum ersten Mal, dass nach dem Ende des Zweiten Weltkriegs in Deutschland noch die Todesstrafe vollzogen werden konnte.

Das mit den Ehrenrechten verstand er auch nicht. Aber dies war ihm sowieso gleichgültig.

Über zwei Aussagen des Urteils musste er staunen.

Der Angeklagte Melchior sollte die Kosten der Verhandlung tragen. Das war gewiss nicht wenig bei dem Aufwand, den man hatte treiben müssen. Wussten die denn nicht, dass der Melchior, ob Mörder oder Totschläger, nicht eine Reichsmark zahlen konnte? Der lebte doch von der Hand in den Mund. Gestern hatten sie die erbärmlichen Wohnverhältnisse des Ehepaares geschildert. Es gab kein elektrisches Licht. Der Fußboden bestand aus gestampfter Erde. Es gab praktisch keine Einrichtung außer Bett, Stuhl und Tisch.

Ein zweites verstand Jakob noch weniger: Warum sagte das Gericht, dass die Mordwaffe, das Beil, eingezogen werden musste? Was denn sonst? Hätte es Melchiors Vater vielleicht weiter verwenden sollen? Etwa zum Schwarzschlachten oder zum Holzhacken? Es war ja fast zum Lachen.

In der Urteilsbegründung sagte der Richter, dass nicht die Tat an sich, sondern die scheußliche Nachtat leicht zu psychologischen Stimmungen verführe, die mit der Frage „Mord oder Totschlag" nichts zu tun hätten.

Das Gericht habe sich auch freimachen müssen von all den Scheußlichkeiten, die ansonsten das geradezu tierische Leben des Angeklagten kennzeichneten, und von den Stimmungen und Märchen, die nach dem Bekanntwerden der Tat draußen in der Öffentlichkeit feilgeboten worden seien.

Im Mittelpunkt der Verhandlung hätten nur zwei Personen gestanden: die des Angeklagten und seiner getöteten Ehefrau.

Er, ein „typisch passiver, weibisch-hündischer Mensch", der nur in den Körper seiner Frau auf seine animalisch-abstoßende Weise „verliebt" war; sie - ein elternloses, junges, jedem verderblichen Einfluss zugängliches Ding, das betont sexuelle Züge trug. Beide in einer Art Kellerwohnung lebend, die vollständig vernachlässigt war. Vor diesem Hintergrund spielte sich das ab, was die beiden „Ehe" nannten:

Sie endete, nicht zuletzt durch die Veranlagung der Ehefrau, in einem Sumpf, selbst wenn man die tief bedauerlichen Verhältnisse berücksichtigt, in die unser auch moralisch so geschlagenes Volk nach dem letzten Krieg gekommen ist.

Der Angeklagte sei der Prototyp eines passiven Zuhälters, der wie ein winselnder Hund seiner Frau nachgelaufen und ihr „Schuhputzer" auch im symbolischen Sinne gewesen sei, der ihr alles immer wieder verziehen habe.

Seine Frau aber sei der Typ der geborenen Dirne gewesen, zu der sie nicht erst der Angeklagte gemacht habe.

Die Tatsache, dass er, aufgrund einer Drohung seiner Ehefrau unmittelbar vor der Tat, fürchten musste, den von ihm mit einer geradezu tierischen Eifersucht geliebten Körper zu verlieren (sie hatte ihm mit „Kaltmachen“ und der Flucht mit einem afrikanischen Soldaten gedroht), riss ihn, unter Einfluss der vier Liter Alkohol, die er am Nachmittag in Geinsheim getrunken hatte, zu der Tat hin.

Er hat also in einem kurzfristig erregten Augenblick ohne Überlegung gehandelt.

Auch die Tatbestände der Heimtücke und der Grausamkeit im Augenblick der Tat seien nicht nachweisbar gewesen. Das Gericht hatte demnach auf Totschlag erkennen müssen.

Mildernde Umstände seien dem Angeklagten zu versagen.

Das Gericht, das die Wahl zwischen fünf Jahren Zuchthaus und „lebenslänglich“ hatte, hielt unter Berücksichtigung aller Umstände fünfzehn Jahre für angemessen ...

*

Jakob stand am Nachmittag noch völlig unter dem bedrückenden Bericht vom Tod der Bella Marie und der Verurteilung ihres Ehemannes.

Die Höhe der Strafe kümmerte ihn nicht, eher schon, dass die Marie fast schlechter weggekommen war als der Melchior.

Sollte die Tote an ihrem eigenen Tod schuld sein?

War man, elternlos und in Heimen aufgewachsen, mit neunzehn Jahren an einen erheblich älteren Kastrierer verheiratet, automatisch eine geborene Dirne?

Jakob konnte seinen Vater daheim nicht danach fragen. Das waren Dinge, über die man am Familientisch nicht redete. Höchstens hinter verschlossener Küchentür im Geplauder zwischen Tilde und Irma. Oder aber auf der Schulbank. Da wurden diese Themen sehr freizügig und eingehend behandelt. Schließlich kamen viele seiner Kameraden aus dem Milieu von Marie und Melchior. Sie wohnten Tür an Tür mit Armut und Schmutz. Tabus, im Reden oder im Handeln, gab es da nur spärliche.

Gegen 14 Uhr war die Stationsschwester eingetreten.

„Siehscht du, Jaköble, jetzt hab' ich doch noch selbst zum Abschied kommen können."

Sie setzte sich auf den Rand seines Bettes und sah ihn lange an. Dann stellte sie eine kleine Schachtel auf den Nachttisch.

„Ich muss dir die Wahrheit sagen, auch wenn's weh tut. Dein Nachbar ist heut Nacht verstorben. Neben dir. Er ist still und ohne Kampf eingeschlafen. Er war sehr, sehr krank. Und weil er schon lange wusste, dass er dieses Zimmer nicht lebend verlassen würde, da hat er etwas für dich zum Abschied gerichtet."

Sie gab Jakob das kleine Päckchen in die Hand.

„Du sollst es erst aufmachen, wenn du wieder daheim bist. Daheim, in Orselina. Mach's so und sei nicht allzu traurig. Der Mann aus Mainz hat es jetzt besser."

LETZTES BILD

Die Spiel- oder Briefschreibe-Nachmittage in der Villa Fragola in Orselina ob Locarno waren berüchtigt langweilig. Aber sie waren jetzt, im späten Februar, in einer fest- und sonnenarmen Zeit, gewissermaßen unvermeidbar.

Es galt, 28 Mädchen und Jungen im Alter zwischen zehn und fünfzehn Jahren zu unterhalten, sie streitfrei über die langen, grauen Nachmittage zu bringen. Die stark gegliederte Fensterwand mit den Glyzinien und dem Blick zum See bot zwar auch bei grauem Wetter genug reizvolle Ausblicke, Blicke auf die jenseitigen Berge, die im Nebel oder im Regen hingen, Blicke auch auf rasch dahinziehende Wolken, die in dieser südlichen Alpenflucht häufig ihre Fliehrichtung wechselten. Aber Kinder lieben keine Landschaften. Sie lieben nur das, was sie vom Leben direkt kennen: sich und ihre Freunde oder Freundinnen; die Abwechslung im sich vergessenden Spiel.

Der Donnerstag heute war besonders schlimm. Er war zum Briefeschreiben verdammt. Und niemand schrieb gerne Briefe.

Es gab kleine Streber, die sich intelligent und schnell ihrer Pflicht durch glatte Phrasen entledigten, so in dem Stil „Mir geht es gut, wie geht es euch?“; aber nicht einmal dazu war Jakob geneigt. Er saß wie bleiern vor der Tischplatte und verfolgte mit mäßigem Interesse die Bemühungen des lieben Fräuleins, einige aus Zeitschriften ausgeschnittene Autos auf seinen noch zeilenlosen Brief zu kleben. Als Anreiz, gewissermaßen.

„Dieses Auto gehört Karl“, stand da in zierlicher Schrift, wobei mit Karl sein Bruder gemeint war. Oder: „Dieses schöne Auto gehört Adam“. Das war dem zweiten Bruder gewidmet. Die Autos waren riesige Amischlitten, eher barocken Badewannen ähnlich als dem, was daheim in Deutschland über die löchrigen Straßen hoppelte, ein dünnes Benzolfähnchen hinter sich herschleppend oder seine Kraft aus einem schwarzen, hintendrauf geschmiedeten Holzvergaser beziehend.

Also, das war alles nichts für Jakob. Er redete sich ein, er sei noch immer leidend. Aber das nahm ihm, vierzehn Tage nach der harmlosen Mandeloperation, niemand ab. Dass sein mangelnder Lebensmut mit einer seelischen Müdigkeit zu tun haben könnte, vermutete nicht einmal Jakob selbst. Und doch musste es so gewesen sein. Es lasteten die Prozessberichte nach Bellas Tod auf ihm. Und dann hatte er das nächtliche Sterben seines Mainzer Nachbarn nicht verwunden.

Einmal nahm er die kleine Schachtel, des Mainzers Vermächtnis, aus seiner Schublade. Niemand beobachtete ihn.

Es war eine Pillenschachtel. Sie war von einem hellen Grünlichgrau, rechteckig, flach, etwa zehn mal sechs Zentimeter groß. Und drauf stand: *NOVOLARYN. Bei Husten und Katarrh. Toux et Affections Catarrhales*. Bei einer Wölbung, die sich über dem Öffnungsgriff erhob, stand unter dem Schnörkel der Hersteller: *Schweizerhall*.

So weit war er gekommen, als ihn das Fräulein ernstlich ermahnte, seinen Brief unter die Autos zu schreiben.

Er war verwirrt, und so schreibt er:

Liebe Eltern und Geschwister!
Ich hoffe es geht mir gut und euch auch. Die Mandeln sind
jetzt heraus und ich hatte im Spital von San Francesco
einen älteren Freund aus Mainz. Der ist jetzt auch gestorben.
Neben meinem Bett. Mitten in der Nacht. Aber nicht so wie
die Marie. Hier ist es sehr schön, wie im Paradies.
Wir haben und bekommen alles. Aber daheim ist es
auch schön. Ich freue mich auf mein Fahrrädchen.

Der Brief wurde ihm abgenommen, ins Kuvert gesteckt, ohne Zensur.

Die Kinder bekamen ihr Abendbrot und ihren „feinen Kräutertee“, wie die Schwester immer sagte.

„Ich glaub’ nicht, dass ich mich daran noch gewöhne“, murrte Jakob, dem heute alles quer lief. „Na, lang dauert’s ja eh nicht mehr. Dann geht es ab, heim ...“

Die anderen Kinder nickten eifrig. Weit über ein Jahr weg von zu Hause, selbst wenn man aus der Nachkriegs-Vorhölle ins Beinahe-Paradies kam, das war eine lange Zeit.

Die Kinder wanderten unter die Duschen und dann in weißen, langen Nachthemden ins Bett.

Jakob lag dem hohen Nordfenster am nächsten. Der Mond schien hell auf sein Bett. Obgleich die Lampen gelöscht waren, konnte Jakob sein Kästchen gut erkennen. Er legte sich auf den Bauch und öffnete die winzige Schatztruhe des Mainzers. Alte Münzen und ein 5-Mark-Darlehenskassenschein vom 1. August 1917 lagen vor ihm auf dem Leintuch. Während er das alte deutsche, dänische und schweizerische Geld vorsichtig sortierte, glaubte er die Stimme seines verstorbenen Bettnachbars aus dem Krankenhaus zu hören:

„Auf de Fassenacht wart ihr? Ei, sach emal, wie war’s denn, Bub? Gab’s Weck, Worscht und Wein? ... Bloß Risotto? Kein Wein? ... Na ja, dafür bist ja auch noch zu klein ... Ach Gott, uff die Worscht könnt ich ja leicht verzichte’, awwer so e’ Glas Wein, ’s dürften auch zwei sein, des wär’ jetzt mein ganzes Glück ... Ach, Jakob, vergiss die Fassenacht net. Und mich auch net ...“

Der schläfrige Jakob wusste, wieso er jetzt gerade des Mainzers Stimme zu hören glaubte. Auf dem Boden der Novolaryn-Schachtel hatte er gestern beim ersten Öffnen einen kleinen Zettel gefunden, und darauf stand in etwas zittriger Schrift:

Jakob, vergiss all das Schwere, das Krankenhaus.
Vergiss auch den Tod. Daran musst du jetzt nicht denken.
Aber, bitte, vergiss mich nicht. Denn dann bin ich immer
noch ein bisschen da.

Nein, Jakob wollte ihn nicht vergessen, aber die Marie auch nicht. Das war alles so zusammengekommen in jenen unglücklichen Tagen. Schließlich hatte der Mainzer die endgültige Gewissheit vom Tod der Bella Marie gebracht. Mit seinen zerknitterten Zeitungsausschnitten.

Der Bub war am Einschlafen, vielleicht war er auch schon in einen Traum geglitten.

Er sah sich daheim auf der Treppe sitzen. Drüben lag die Militärbäckerei.

Auf der Treppe stand der junge Marokkaner. Er blickte zu Jakob herüber. Mit ernstem Gesicht. Er stand nur so da, an das Geländer gelehnt und schaute.

Es war, als wartete er auf Marie. Sie waren gute Freunde. Mehr nicht. Aber, immerhin.

Und da kam der kleine braune Hund. Er schnürte zielstrebig zur Bäckerei. Der marokkanische Junge holte einige verkohlte Brotranken und warf sie ihm zu. Der Hund fraß sie gierig. Dann schlabberte er lange aus dem Regenüberlauf Wasser.

Er schüttelte sich, sah zu dem jungen Marokkaner hoch, als warte er auf etwas.

Der Bäcker blickte noch einmal zu Jakob hin. Dann sagte er langsam:

„Hünd wart auf Marie. War sein Freund. Wart immer noch."

Jakob nickte. Er wartete auch.

Auf was?

PFÄLZER IMPRESSIONEN
von Hugo Boiselle

Bildband, Hardcover,
Großformat, 64 Farbseiten
€ 19,90
ISBN 978-3-934769-80-9

Der großformatige Bildband „Pfälzer Impressionen“ des Oggersheimer Künstlers Hugo Boiselle ist eine Hommage an seine Pfälzer Heimat.

Auf rund 90 künstlerisch anspruchsvollen Aquarellen begleitet der Betrachter den Maler bei seiner ganz persönlichen Rundreise durch die schönsten Orte und Landschaften der gesamten Pfalz.

Dabei finden sich nicht nur bekannte Motive wie der Speyerer Dom, das Weintor in Schweigen oder der Teufelstisch, sondern auch versteckte Winkel und Gassen, die eine Entdeckung wert sind.

Sämtliche Texte sind dreisprachig, so dass nicht nur der Einheimische, sondern auch der ausländische Besucher der Pfalz seine Freude an diesem wundervollen Band haben wird.

www.agiro.de